소설가의 사물

■ 이 도서의 국립중앙도서관 출판예정도서목록(CIP)은
서지정보유통지원시스템 홈페이지(http://seoji.nl.go.kr)와
국가자료공동목록시스템(http://www.nl.go.kr/kolisnet)에서 이용하실 수 있습니다.
(CIP제어번호: CIP2018026123)

소설가의 사물

사소한 물건으로
그려보는
인생 지도

조경란

마음산책

소설가의 사물

1판 1쇄 발행 2018년 8월 25일
1판 2쇄 발행 2019년 3월 10일

지은이 | 조경란
펴낸이 | 정은숙
펴낸곳 | 마음산책

편집 | 이승학·최해경·최지연·이복규   디자인 | 이혜진·최정윤
마케팅 | 권혁준·김종민   경영지원 | 박지혜

등록 | 2000년 7월 28일(제13-653호)
주소 | (우 04043) 서울시 마포구 잔다리로 3안길 20
전화 | 대표 362-1452 편집 362-1451   팩스 | 362-1455
홈페이지 | http://www.maumsan.com
블로그 | maumsanchaek.blog.me
트위터 | http://twitter.com/maumsanchaek
페이스북 | http://www.facebook.com/maumsanchaek
전자우편 | maum@maumsan.com

ISBN 978-89-6090-541-2 03810

* 책값은 뒤표지에 있습니다.

인생을 사물로 기록하는 표를 만든다면
어떤 목록을 추가할 수 있을까.
그야말로 개인적 주기표.

여기에 사물들이 있습니다

『그때 그곳에서』라는 책을 읽다가 "건축과 음식은 내 여행의 진짜 동기다"라는 구절을 보았습니다. 그 문장 때문이었을까요. 매년 떠나는 여름의 여행과 그 밖의 짧은 여행에 대해 생각하게 되었습니다. 그 시간들의 진짜 동기는 무엇일까, 하고. 책이라는 건 묘한 데가 있어서 한 문장이나 단어 하나만 봐도 그것을 읽고 있는 나의 삶, 나라는 존재로 곧장 눈을 돌리게 할 때가 많습니다. 대개 좋은 책이 그러한데 좋은 책이란 어떠한지 혹은 쓰고 싶은 책은 어떠해야 한지 자문하게 될 때면 이따금 빛을 떠올립니다. 사람을 끌어당기고 깨어나게도 할 수 있는, 그런 돌연한 빛.

사람은 자신이 서 있는 높이에서만 세상을 둘러볼 수 있을 따름이라고 합니다. 지금 그 자리에서 더 먼 데를 볼 수 있는 정신의 힘은 보통의 삶에서라면 책을 펼칠 때 가능할지도 모릅니다. 수년 동안을 엎드려서 책만 읽으며 지냈던 청춘 시절에는 그저 막막하기만 했는데, 돌아보면 자신의 한계나 높이를 넘어선 것들을 보고 알고 싶어 한 갈망의 시간 같기도 합니다. 한 권의 책을 펼쳐 들 때마다 기도했을지도 모릅니다. 더 먼 데로 데려가주기를, 여기가 아닌 세상도 경험해보고 나와 비슷하거나 다른 사람들을 만나게 해달라고 말입니다. 좁은 방을 떠나본 적은 없으나 책에서 책으로 옮겨 다녔습니다. 그럴 때면 뭔가를 알아냈고 가본 적 없는 곳에 도달해보았다는 기분이 들었습니다. 제가 책을 쓰는 사람이 될 수 있었던 건 그렇게 오래 책이라는 사물을 믿고 매달렸기 때문일 것입니다. 그래서인지 저는 책이란 인격체와 동일한 사물이라고 여기게 돼버렸습니다. 종이 신문도 마찬가지고요.

여행지에서 이런저런 박물관에 갑니다. 모든 도시마다 박물관을 갖고 있으며 또 그 숫자도 많고 다양하다는 데 놀랍니다. 박물관은 주로 과거를 만나볼 수 있는 장소지요. 집중해서 과거를 들여다보고 있자면 현재를 더 깊이 대면하는 시간을 가질 수밖에 없습니다. 그런 의미로 종이 신문을 일상의 박물관이라 생각합니다. 오늘을 만나고 내일에 대해 통찰하게 하는. 진실과 거짓, 통속, 현안, 역사, 사회, 문화, 날씨 그리고 사람들의 이야기. 그 모든 게 담긴 매일의 책 말입니다. 네 종류의 일간지를 날마다 읽고 생각하고 추측합니다. 보이는 것과 숨겨진 것에 대해서, 말해진 것과 말해지지 않은 것에 대해서. 작가나 개인으로서 사람은 사회와 무관할 수 없으며 먼 데 있어도 타자는 연결돼 있다는 깨달음을 준 매체도 신문입니다.

오늘을 기록하고 오늘을 기억하는 사람이 없다면 세상은 어떻게 될까요.

장소가 바뀌면 세계가 바뀌는 것처럼 어떤 책은 펼치기만 해도 그런 경험을 가능하게 합니다.

책과 신문에 '종이'를 붙여 쓰는 시대에 살고 있습니다. 종이 책과 종이 신문은 아무것도 강요하지 않습니다. 그저 그 자리에 놓여 있을 뿐입니다. 거기에 관심을 갖는 누군가 나타날 때까지 무엇도 선행하지 않습니다. 장점도 변별성도 보여주지 않지요. 돌아보면 옆에 책이 있고 신문이 있고 시계가 있고 연필이 있습니다. 다른 많은 사물들도 묵묵히 곁을 지킵니다. 한시적인 것도 있지만 보통은 우리 자신과 상호적 관계를 맺고 있는 사물들 말입니다.

어떤 고지도를 보면 'Hic sunt leones'라는 문구가 표시돼 있다고 합니다. '여기에 사자獅子들이 있다'라는 뜻입니다. 철학자 로제 폴 드루아는 『사물들과 철학하기』에서 그 문장을 보고 자신의 지도, 인생의 지도에 관해 생각하게 되었다고 합니다. 그 지역을 표기할 때 '여기에 사물들이 있다Hic sunt res'라고 표기해놓고 싶다고. 저라면 그 사물들 중에 종이 책과 종이 신문이 으뜸입니다. 생의 이정표 같은 사물도.

여행을 떠나듯 하루에 몇 시간은 주변을 둘러보다가, 사물들 생각을 하고 지내다가 이 책을 펴내게 되었습니다. 사물의 탄생과 의미에 관해 쓰고 싶었는데 저 자신에 관한 이야기를 하게 된 것도, 영향을 받은 텍스트 이야기를 하지 않고 지나갈 수 없는 점도 이상하기만 했습니다. 사물과 책과 추억은 또 그렇게 필연적으로 얽혀 있는 것일까요.

지금 여기에 사물들이 있습니다. 그리고 사소하며 소곤거리고 싶어 하는 어떤 이야기들도.

2018년 8월
조경란

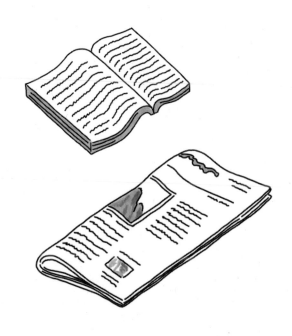

차 례

하찮아 보이는 것을
진지하게 생각하기

지금 무엇을
하고 있습니까?

타오르는
생각

아직
괜찮아

여기 있기에
문제없음

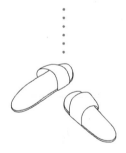

때때로 별것 아닌 것 같지만
서로가 서로에게 도움이 될 수도 있는 일들에 대해
생각해보고는 한다.

.

하찮아 보이는 것을
진지하게 생각하기

달�걀의 승리   ······ 달걀

소설 수업을 들었던 제자에게 선물을 받았다. 얼마 전부터 아버지가 닭들을 키우기 시작했다고, 내가 달걀을 좋아하는 게 생각나서 얻어 왔다고 말했다. 닭들을 마당에 방사하고 키워 얻은 알들이니 얼마나 신선할까. 박스에는 열여덟 구의 갈색 달걀이 들어 있었다. 이런 좋은 선물을 덥석 받아도 되나.

『와인즈버그, 오하이오』라는 책으로 잘 알려진 작가 셔우드 앤더슨의 「달걀」은 개인적으로 '세계명작단편 10선'을 꼽는다면 빼놓을 수 없는 소설이다. 큰 욕심 없이 살아가던 아버지가 가족에 대한 책임을 느끼곤 양계장 사업을 시작하지만 실패한다. 그 후 작은 음식점을 차린 아버지는 손님에게 유흥거리를 제공해줘야 한다는 일념에 달걀로 마술을 부리려는 시도를 한다. 어느 날 한 젊은이를 상대로 달걀을 세워 보이는 것도, 좁은 유리병에 달걀을 집어넣는 마술도 다 실패한 아버지가 마침내 어머니 침대 옆에서 무릎을 꿇고 "어린 소년처럼" 우는 모습은 실제로 본 것같이 가슴이 아프다. 그런 아버지의 빈 정수리를 어머니가 쓰다듬는 장면을 묘사한 부분은 또 얼마나 쓸쓸한지.

성공한 사업가로 평탄하게 살던 셔우드 앤더슨이 어떻게 글을 쓰게 됐을까. 어느 날 그는 비서에게 "발이 너무 축축해. 점점 더 축축하게 젖고 있어. 아무래도 이제 메마른 땅을 좀 밟아야 할 때가 되었나 봐"라는 알 수 없는 말을 하고 사무실에서 나간 뒤 사흘 만에 발견되었다고 한다. 자신이 누구인가 하는 기억은 잃어버린 채. 그 일을 계기로 그는 작가가 되기로 결심하고는 사업과 가정을 정리한 뒤 아는 이 없는 먼 도시로 이사했다. 쉽게 일어날 수 없는 이야기인데도 그의 삶이나 「달걀」에서도 알 수 있듯 기묘하기도 하고 일면 작가로서의 운명 같은 게 느껴지기도 한다. 쓰는 행위로써 자신과 주변인의 삶 저변을 들여다보고 싶어 한.

최근 어떤 책에서 마음을 가라앉힌다는 뜻의 '정심定心'이라는 단어를 오랜만에 보았다. 스스로 마음을 가라앉히는 여러 가지 방법들이 있으리라. 평소에 책을 읽거나 걷는 일 말고도 매일 늦은 시간이면 한 알씩 삶아서 허기를 달래는 달걀을 나는 물속에 넣기 전 손으로 만지작거리고는 한다. 타원형의 둥글면서 깨지기 쉬운 그 살아 있는 다공질의 달걀을 가만히 쥐고 있는 사이, 그렇게 보내는 저녁의 시간들이 어쩌면 나에게는 정심을 행하는 또 다른 방법은 아닐까.

제자에게 받은 달걀을 처음 삶아 먹던 저녁에도 그랬다. 더불어 그 제자의 아버지 생각을 문득 했는지도 모르겠다. 경제적인 사정 때문에 지지난 해인가, 1년 가까이나 가족도 모르게 잠적을 해야 했다던. 그래서 맏딸인 제자가 휴학할 수밖에 없었고 마음고생도 컸다. 내가 해줄 수 있는 건 좋은 책을 알려주거나 이따금 밥을 사주는 일밖에 없었다. 다행히 시간은 나쁜 쪽으로만 흐르지 않았다. 그 제자의 아버지가 요즘 서울 근교에서 작게나마 마당에 닭들을 키우며 살고, 표정이 다시 환해진 제자는 가끔 거기 가서 아버지를 만나고 달걀을 얻어오곤 한다니.

달걀에 관한 속담 중에 '달걀도 굴러가다 서는 모가 있다'라는 말이 있는데 '좋게만 대하는 사람도 성낼 때가 있다'라는 뜻 외에도 '어떤 일이든지 끝날 때가 있다'라는 의미로도 읽는다. 이 작지만 특별한 달걀이, 나에게는 제자의 가정에 있던 그 어려움은 지나갔다고 말해주는 듯 보인다. 셔우드 앤더슨의 「달걀」은 발표 당시 '달걀의 승리'라는 제목이었다.

　사물도 아닌 달걀 한 알을 손으로 감싸 쥐고 있다가 이런 이야기를 쓰게 되었다.

영원한 진실에 대하여 . . . . . . 타자기

나는 이 책을 인터넷 연결이 안 되는, 한글만 쓸 수 있는 구식 노트북으로 쓰고 있다. 소설이나 모든 원고 작업도 이 노트북으로만 한다. 사실 이 노트북은 고장 난 지 오래됐는데 글을 쓰는 데는 문제가 없다. 말하자면 타이핑 기능밖에 안 되는 '글 쓰는 사물'인 셈이다. 딱히 이 때문은 아니지만 기계에 관한 한 나는 시대에 뒤떨어졌다는 말을 자주 듣는 편이다. 이런 사람, 혹은 멸종 위기의 종種을 뜻하는 '호모 스크립토루스homo scriptorus'라는 단어를 알게 된 것은 폴 오스터의 『타자기를 치켜세움』이라는 책에서다.

기계치인 작가가 애착을 갖고 있는 올림피아 수동 타자기와 보낸 9400일간의 기록. 글자판의 키를 눌러 종이에 글자를 찍는 단순한 기계에 불과했을지 모를 사물을 "개성과 품격을 지닌 존재"로 보여준다. 그러나 타자기의 종말은 멀지 않았고, 작가는 문구점을 찾아가 한꺼번에 많은 양의 리본을 주문한다. 리본 공급이 중단되면 타자기로 글 쓰는 일은 불가능할 테니까.

벼르고 벼르다가 몇 년 전에 나도 중고 타자기를 한 대 샀다. 사벌식 클로버 747TF. 작업실 책상에 올려놓고 타닥타닥 일기를 썼다. 조카들에게 한글을 가르칠 때인데 애들도 신기한지 그 통통한 손가락으로 자음과 모음을 치면서 놀았다. 떠오르는 대로 문장을 빨리 적기는 어렵지만 전원이 켜질 때까지 기다리지 않아도 되고 손만 대면 얼마든지 글을 쓸 수 있는 타자기가 눈앞에 있다는 사실은 몹시 든든하고 보기에도 좋았다. 얼마 안 가 리본이 몽땅 떨어져버리기는 했지만.

좋아하는 단편 중에 베트남 작가 남 레의 「사랑과 명예와 동정과 자존심과 이해와 희생」이 있다. 그 소설을 읽다 보면 패기만만한 문학청년이 전동 타자기 스미스코로나 앞에 앉아 있는 모습이 보이고 "종이를 때리는 타자 공이 소리"가 들리는 듯하다. 주인공이 글 쓰는 수단을 컴퓨터에서 타자기로 바꾼 이유는 한번 쓴 문장을 삭제할 수 없으면 글쓰기가 자유로워진다는 친구의 충고 때문이다. 정말 그럴지는 의문이나.

이 소설의 긴 제복은 윌리엄 포크너가 한 말이다. '우리는

누르는 힘이 필요하다.

거기에는 의지 또한 필요할지도 모른다.

자신만이 쓸 수 있는 문장을 만들고 새기겠다는.

무엇에 대해 써야 할까요?'라는 질문에 '영원한 진실'을 써야 한다고 했던. 바로 사랑과 명예와 동정과 자존심과 이해와 희생에 대해서.

그런 이야기를 쓰는 작가가 되고 싶었다. 신춘문예에 당선된 뒤 몇 달간 아무 데서도 청탁이 없었고 갈 데도 없었다. 상금으로 산 MS 도스^{DOS}, 흑백 노트북을 펼쳐놓고 한글 자판을 외우기 시작했다. 한글 게임 중에 모니터 위에서부터 우박처럼 떨어지는 단어를 재빨리 정확하게 입력하면 점수가 올라가는 게 있었다. 단어 다음엔 문장, 그다음에는 더 긴 문장들. 타다닥, 한글 자판을 며칠 사이 손끝에 익히고 자리를 외웠다. 그 일을 한 것만으로도 준비된 비기너가 된 느낌이었다. 그렇게 흡수라도 할 듯 열 손가락으로 자판을 만지작거리다 보니 조금 더 긴 이야기를 쓸 수 있을 듯했다. 봄이 지나고, 첫 장편소설을 써나갔다. 기계를 이용해서 처음 쓰는 소설이었다.

인터넷 사이트를 뒤져 어렵게 타자기 리본들을 구했다. 이 늠름한 구식 기계를 앞으로 얼마나 더 사용할 수 있을까.

타자기를 보면 어디서든 치고 싶어진다. "손가락에 짜르르 느껴지는 교류의 맥동." 연필이나 노트북, 타자기는 누르는 힘이 필요하다. 거기에는 의지 또한 필요할지도 모른다. 자신만

이 쓸 수 있는 문장을 만들고 새기겠다는. 영원한 진실들, 지워지고 잊어버린 소중한 것에 관해서.

하찮아 보이는 것을
진지하게 생각하기

자주 이용하는 식품전문 쇼핑몰에서 작은 토마토홀을 주문했는데 착오가 생겼는지 무려 2.5킬로그램짜리가 배송돼왔다. 그 캔을 들고 조카들에게 토마토스파게티를 만들어주러 갔다. 올리브오일에 양파를 볶다가 토마토홀을 넣으려고 할 때에야 그 캔이 원터치 방식이 아니라 오프너로 가장자리를 돌려가면서 따야 한다는 사실을 알아차렸다. 동생 집을 아무리 뒤져보아도 깡통따개는 없었다. 그 상황이 저절로 구효서 작가의 단편소설을 떠올리게 했다.

'기명器皿'은 살림살이에 쓰는 온갖 그릇을 통틀어 이르는 말이다. 소설을 쓰는 한 남자가 일상에서 도망치듯 암자로 떠난다. 야생화가 지천으로 핀 길로 산책을 다니다가 남자는 요와 이불 한 채씩만 있는 삭막한 방에 꽃을 꽂아두고 싶다 생각한다. 그런데 "꽃을 꽂아둘 기명 같은 게" 주위에 보이지 않는다. 길가에 널린 음료수 깡통들을 주워 입구를 도려낸 후 꽃병으로 만들 계획을 세우지만 암자나 이웃집, 마을의 잡화점에서도 깡통따개는 구할 수가 없다. 소설은 안 쓰고, 그때부터 남자가 깡통따개 찾기 순례를 시작하는 이야기.

1970~80년대 중동 건설 붐이 일었던 당시 사우디 등지에서 근무하던 아버지가 1년에 한 번씩 집에 돌아올 때 사오는 신기한 물건들이 적지 않았다. 그중에 맥가이버 칼이라고 부르게 된 빅토리녹스 칼이 있었다. 크기도 작고 납작한데 드라이버, 핀셋, 자, 가위, 칼, 오프너, 깡통따개까지 척척 겹쳐 있는 게 놀라워 보였다.

잘 알려진 대로 오프너의 원리를 발견한 사람은 그리스 수학자 아르키메데스다. 고정된 받침점과 힘이 작용하는 힘점 그리고 힘이 작용되는 작용점. 이른바 지렛대의 원리. 이 원리로 이용되는 오프너나 깡통따개, 손톱깎이, 가위 같은 사물들은 서랍 밖으로 꺼내놓기는 어렵지만 필요할 때마다 묵묵히 제 역할을 수행한다. 믿음직스럽고 충직하게까지 느껴진다.

깡통따개는 물론이고 요즘은 오프너도 찾기 어려울 때가 있다. 특히 낯선 도시에 머물게 될 때, 밤의 즐거움 중 하나가 식료품점에서 산 그 지역 맥주를 숙소나 호텔 방에서 마시는 것인데 오프너가 비치돼 있지 않을 때가 많다. 어디서 본 대로 문이나 창문 틈을 지렛대 삼아 열어보려고 시도는 해봤으나 뚜껑 사이로 피식 김만 빠지고 말 뿐이었다. 결국 프런트에 전화를 걸어야만 가져다주고. 그런 성가신 경험을 몇 번인가 했는데 누가 병목에 아주 작고 단순하게 생긴 오프너가 달린 이탈리아 탄산수를 한 병 선물로 주었다. 어딘가로 떠날 때 이제는 그 오프너를 열쇠고리 삼아 트렁크 지퍼에 꼭 달고 다닌다.

다시 「깡통따개가 없는 마을」로 돌아가보면, 주인공이 대구 시내까지 나가서 깡통따개를 구해 왔는데 이미 깡통들 입구가 깨끗이 잘려 있었다. 암자의 불목하니 사내가 호미 날 끝을 깡통의 좁은 구멍에 넣은 뒤 가장자리를 솜씨 좋게 도려낸 것이다. 남자는 그 깡통들에 구절초, 떡쑥, 개망초 등의 야생화들을 꽂아두고 잠을 청한다. 그런데 갑자기 눈물이 주룩 흐른다. 소설이란 무엇일까 다시 돌아보게 되는 장면이다. 이 소설 첫 장에 이런 문장이 나온다.

소설 쓰기란 결국, 하찮은 것을 진지하게 생각하기거나 진지한 것을 하찮게 생각하기 둘 중 하나다.

기명의 비슷한 말로 '기물器物'이 있다. 사소해 보이지만 없으면 불편하기 짝이 없는 기물, 깡통따개에 관해 조금 진지하게 생각해보았다.

모든 것을 담을 수는 없다   ⋯⋯⋯ 트렁크

고아로 자란 엘리는 농장의 가정부로 들어갔다가 가족을 잃고 혼자 살던 집주인과 결혼을 한다. 양과 닭을 키우며 일주일에 한 번씩 자전거를 타고 시내로 달걀을 배달하러 간다. 크게 낙담할 일도 슬픔도 기쁨도 없을 것 같은 날들만 이어진다면 소설은 진행되지 않을지도 모른다. 여름이 시작될 무렵, 사진을 찍는 청년이 이웃 마을로 와서 지내게 되고 엘리는 그에게 마음이 흔들리고 만다. 고요히, 그러다가 걷잡을 수 없이. "사랑받는 느낌을 사랑했던" 청년은 9월이 되자 그 마을을 떠나기로 결정한다. 자신의 사랑이 거절당했다는 사실을 잘 알면서도 엘리는 상점에 가서 여행 가방을 하나 고른다.

"신비를 믿지 않는다면 글쓰기란 별 가치가 없는 일일 것이다"라고 말한 윌리엄 트레버의 상편소설 『여름의 끝』이야기다. 사려 깊고 관대함으로 가득 찬 그 책을 덮고 난 후에도 한 번도 자기만의 것을 가져본 적이 없는 듯한 엘리가 신중하게 녹색 트렁크를 고르던 장면, 남편에게 들킬까 봐 창고에 숨기던 장면 그리고 마지막에 그 트렁크로 한 일이 자꾸만 떠올랐다.

연휴 때 밀어둔 책들과 신간을 몇 권 읽었는데 그중에 중국 작가 장웨란의 단편 「집」을 보고는 다시 트렁크를 떠올리게 되었다. 부족한 소통에 지친 치우뤄는 어느 날 같이 사는 징위가 출근하자 트렁크를 꺼내 짐을 담기 시작한다. "여행 가방을 잘 챙기지 못하는 것은 멀리 떠나본 적이 없어서"일 거라고 깨달으면서. 꼭 필요한 것들만 가방에 꾸리며 그녀는 "절제된 삶"에 대해 생각한다.

내가 처음으로 유럽에 간 것은 17년 전이었다. 원로 시인, 독문학자들, 평론가와 뮌헨행 기차를 기다릴 때였다. 두 개나 되는 트렁크를 옮기느라 낑낑거리는 나를 지켜본 60대 여성 독문학자가 충고했다.

"짐은 자기 힘으로 들 수 있을 만큼만 갖고 다니는 거예요."

그 똑 부러지는 소리에 처음엔 기분이 상했다가 이내 마음을 고쳐먹었다. 경험에서 비롯된 지혜가 맞을 테니까. 물론 그 후로도 가볍고 간단하게 다니지는 못하지만 너무 크지 않은 가방 두 개에 짐을 나눠서 어디든 내 힘으로 밀고 다닐 수 있을 정도로 챙기는 요령은 생겼다. 1년에 한두 번씩은 붉은 천 소재 트렁크에 무언가를 담고 비우고 채우고 덜어내는 일을 반복하고 있다. 어쩌면 그건 집을 떠났다 집으로 돌아오는 일과 뗄 수 없는 행위일지도.

그사이에 두 개의 붉은 트렁크도 많이 낡고 때가 묻었다. 지퍼 손잡이들은 대부분 떨어져나갔고 기내용은 바퀴 하나가 말을 듣지 않는다. 바퀴, 손잡이, 지퍼는 중요하지만 이 세 가지 조건만으로는 여행용 가방의 기능을 해내긴 어려울 것이다. 보통 트렁크를 고를 때는 운반과 포장의 용이성, 바퀴의 성능, 내구성을 살펴봐야 하는 게 우선이라고 한다. 가질 수 있다면, 하고 마음에 정해둔 가방 브랜드가 하나 있다. 세계 최초로 바퀴 달린 여행 가방을 출시한 제조사며 한번 구입하면 평생 무료로 수리해준다고. 심지어 항공사 실수로 발생한 파손까지. 소프트 타입의 빨간색 트렁크 가격을 알아봤다가 입이 딱 벌어지고 말았지만.

지금 쓰고 있는 낡은 트렁크 두 개를 살살 달래가며 몇 년쯤 더 쓸 수 있다면 좋겠다. 어떤 좋은 가방을 새로 사도 원하는 모든 것을 다 담을 수 없기는 마찬가지일 테니까.

지난여름, 도쿄 아사쿠사 역 근처 '세계 가방 박물관'에서 오후를 보냈다. 500점도 넘는 진귀한 가방들을 둘러보다가 여행용 트렁크 전시대 앞에서 한참 서 있었다. 트렁크를 보기만 해도, 트렁크라는 단어를 듣기만 해도 가슴이 뛰는 것을 느낀다. 어디로 가든 어디에 있다 돌아오든 트렁크에 담는 것들 중에는 희망이 가장 클지도 모른다. 여행과 글쓰기는 이런 면에서 닮지 않았나. 어떤 신비를 믿고 기꺼이 그것을 따라가 보게 되는.

엘리는 돌로 가득 채운 트렁크를 강으로 밀어 넣는다. 제발 자신을 미워하지 말라고, 세상에는 혼자여야 하는 사람들이 있다는 말을 남기고 청년은 떠났다. 오후에 비가 왔고, 이제 다른 계절이 올 것이다. "가방이 탁한 물속으로 가라앉는 모습을 지켜"본 후 늘 그렇듯 엘리는 다시 집으로 돌아간다.

귀중중해지지 않도록

만화 『야마모토 귀 파주는 가게』가 궁금했다. 영화나 드라마로도 잘 알려진 『심야식당』의 작가 아베 야로의 데뷔 작품. 야마모토라는 여인이 운영하는 귀 파주는 가게를 드나드는 손님들의 이야기가 총 아홉 편의 단편으로 그려져 있다. 야마모토가 무릎에 손님 머리를 받치고 귀를 파주는 장면은, 짐작하겠지만 몹시 에로틱한 데도 있으나 그 표현과 묘사가 무척이나 생생해 보는 것만으로도 귀가 가려워지고 피식 웃음이 나기도 한다. 누군가 그렇게 귀 청소를 좀 해주었으면 하는 마음도 들고. 하지만 이 나이에 누구 무릎을 베고 눕는단 말인가.

교토 기온 거리를 걷다가 귀이개를 파는 상점 앞을 지나게 됐다. 꼭 『야마모토 귀 파수는 가게』에서 수제로 만들어 파는 것처럼 귀 안쪽에 닿는 부분은 "정교하게 다듬은 손톱 끝" 같아 보이는 대나무 귀이개에 마음이 끌렸다. 가격도 800엔. 끝부분에는 작은 사기로 만들어진 각종 동물 모양이 손잡이처럼 붙어 있었다. 그 귀이개들 중 꼬리에 작은 방울을 매단 코끼리 때문이었는지 같이 구경하던 동생이 "저거 언니 거네" 하곤 사주었다.

그 귀이개를 몇 년째 혼자 쓰고 있다. 아니, 두 조카와. 조카들은 한 달에 한 번쯤 잠자리에 들기 전 배시시 웃으며 내 무릎을 베고 눕는다.

"귀 청소할 때가 됐어, 이모."

교토에서 동생이 사준 귀이개는 단단하지만 낭창낭창 휘어질 듯 느껴지는 얇은 대나무와 귓불같이 부드러운 곡선의 귀에 닿는 부분 그리고 끝에 달린 사기 코끼리까지, 보면 볼수록 믿을 만하게 생겼다. 귀이개를 손에 들면 딸랑딸랑 방울 소리마저 들린다. 샤워를 마친 후 좋은 냄새를 풍기는 조카들은 그 방울 소리가 들리면 저절로 행복한 표정을 짓고는 눈을 감는다. 사각사각, 귓바퀴 안쪽부터 손질을 시작한다.

"안도현 시인이 쓴 「귀 파는 날」이라는 시가 있어."

조카들의 믿을 수 없을 만큼 부드럽고 작은 귀를 조심스럽게 청소하면서 나는 속삭인다.

"어떤 시인데?"

아이 목소리는 곧 잠에 빠질 것만 같다.

> 엄마 무릎에 기대어
> 내 귀를 맡겨 두는 날
>
> 귀이개만 한 생쥐 한 마리
> 귓속으로 들락거린다
>
> 한쪽 귀로 듣고
> 한쪽 귀로 흘려보낸
> 엄마의 잔소리
> 솔솔 물고 나오고

조카들의 귀 청소를 해주면서 동시를 읊는다. 평화롭고 한
가한 순간이다. 조카들도 이모 무릎을 베고 누워 그런 순간
을 즐기는 것이리라. 그럴 리도 없고 들어본 적도 없지만 귀이
개를 슬금슬금 움직일 때마다 나비가 꽃잎을 느긋하게 갉아
먹는 듯한, 사사삭 하는 소리가 들리는 듯하다. 간지러움 때문
인지 조카는 두 손을 꽉 쥐고 있다. 귀 파기의 마지막은 역시

후, 하고 세게 입김 불어주기.

귀이개가 어떤 뜻으로 풀이돼 있을까 궁금해서 국어사전을 펼쳐보았다가 '귀'로 시작하는 단어 가운데 오랜만에 '귀중중하다'라는 말을 보았다. 더럽고 지저분하다는 뜻의. 귀를 후비는 것은 귀 건강에 좋지 않다고 하지만 밖으로까지 나온 귀지를 보면 좀 그렇다. 가끔은 귀가 귀중중해지지 않도록 귀지를 가볍게 청소할 필요가 있다. 손에 잘 맞는 귀이개 하나쯤 갖고 있으면 좋겠지.

귀이개의 이개耳尒는 귓바퀴라는 뜻. 이런 단어는 처음 알게 됐다. 이자耳子. 귀이개와 같은 뜻이라고 한다.

그 자리가 행복하다면 ······ 선글라스

알랭 드 보통과 무라카미 하루키가 동시대 작가 가운데 가장 좋아하며 스승으로 생각한다는 말에 솔깃해 제프 다이어의 책을 읽기 시작할 때는 논픽션, 여행이나 사진에 관한 산문집부터 읽는 편이 좋겠다고 생각한다. 혹시 나처럼 본격적인 장편소설들로 제프 다이어를 처음 접했다면 『그러나 아름다운』 같은 재즈에 관한 독창적인 책을 놓칠 가능성도 있으니까.

『꼼짝도 하기 싫은 사람들을 위한 요가』는 그가 로마, 암스테르담, 캄보디아 등 유적과 폐허가 남아 있는 도시들을 방문한 여행기다. 산문, 특히 여행기는 글쓴이의 개인적 정보나 취향, 삶을 보는 방식 같은 게 알게 모르게 드러날 수밖에 없다. 지나치게 세련되고 시니컬한 사람과 잠깐 얘기를 나누는 건

신선하지만 오래 있으면 어쩐지 불편해져버리는 그런 기분으로 책장을 넘기다가 「안에 내리는 비」를 보고는 단박에 이 작가에게 빠져들고 말았다.

어떤 일에도 집중할 수 없고 만족스러운 것도 없는 나날. 자신도 모르게 신경쇠약을 겪고 있던 40대 초반의 작가는 "그렇게 앉았다 일어났다를 반복하며 인생을 허비"할 수 없다는 판단을 내리고는 디트로이트로 떠나기로 결정한다. 그런데 아차, 선글라스가 보이질 않는다. 그냥 선글라스도 아니고 몇 년 동안 어딜 가나 늘 가지고 다닌, "삶의 일부"라고 느꼈던 선글라스란다. 도수를 넣고 몽환적인 느낌이 나는 붉은색 코팅을 한.

그날 이후 다른 렌즈가 들어간 선글라스를 써보았지만 잃어버린 렌즈만의 독특한 깊이와 선명함은 느낄 수 없었다. 그건 먹는 즉시 깊은 환각의 세계로 빠져드는 마약 같은 선글라스였다.

자신이 햇볕 있는 날 본 거의 모든 풍경은 그 선글라스와 함께였고 거기에는 어떤 특별한 감수성이 있었다고 말이다. 잃어버린, 없어진 선글라스 하나에 관해 몇 페이지씩 아쉬움과 상실감을 드러낸 작가의 솔직함과 과장에 웃음도 나고 위

햇볕 있는 날 본 거의 모든 풍경은
그 선글라스와 함께였고
거기에는 어떤 특별한 감수성이 있었다고 말이다.

로해주고 싶은 마음까지 생겨나버린다.

태양이 이글거리는 날 "선글라스가 없다는 사실을 뼈아프게 느끼며" 작가는 반세기 동안 버려진 건물들 사이를 걸어다닌다. 그림자처럼 길게 드리운 폐허가 된 자신의 내면도 보게 될 수 있을까.

어디를 가나 늘 가지고 다니는 것. 타인에게 내가 듣고 싶은 이야기 중 하나기도 하다. 휴대폰, 신용카드, 열쇠, 안경, 책, 머플러, 반지, 가족사진……. 내 경우에는 선글라스와 우산 겸용 양산. 마흔 살이 될 무렵부터 햇빛 알레르기로 고생하기 시작했다. 면역력이 떨어져서 그렇다는 진단 외에 피부과를 전전해도 소용이 없었다.

그 후로 태양이 쏟아지는 희디흰 거리, 해변, 야외 테라스에 앉아 있거나 걷고 있는 사람들을 보면 부러움을 느낀다. 햇빛 속에서 손톱으로 긁은 것처럼 붉게 부풀기 시작한 얼굴을 선글라스와 양산으로 한사코 가리면서 "나이 먹는 것도 힘들구나" 소심하게 중얼거린다.

선글라스도 블랙의 두툼한 빅 사이즈가 좋다. 국내 소비자원이 우수한 선글라스를 선정할 때의 기준은 이 세 가지라고 한다. 긁힘의 저항성, 고온의 저항성, 땀의 저항성.

거기에다 햇빛으로부터 눈을 더 보호해줄 수 있다면 만족도가 커질 텐데.

가끔 이른 아침에 선글라스를 쓰고 집에 들어갈 때가 있다. 밤새 술 마시다 동네 해장국집에서 나갈 때. 거리는 온통 샴푸 냄새 비누 냄새를 풍기며 빠른 걸음으로 지하철역 쪽을 향해 출근하는 사람들로 가득하니까. 선글라스를 쓰고 비틀비틀 나는 집으로 간다.

어딜 가나 가지고 다니는 것. 어디에서 오는지 모르는 슬픔도 있다. 자신 없음도 있고 근원을 알 수 없는 서글픔도 있고 불안도 있다. 어디를 가나 그런 것들을 짊어진 나 자신을 데리고 다닌다.

'안에 내리는 비.' 그것은 눈물. 스스로 무너지고 있다는 걸 발견한 후 흘리는. 그렇게 한바탕 울고 나면 진정이 되기도 하지 않나. 그리고 밥을 먹는다. 날씨는 갰고 다시 바깥으로 나간다. 작가는 기분이 급격히 나아진 걸 느낀다. 폐허를 봤다면, 스스로 무너지고 있다는 걸 안다면 바로 그 자리에서 자신을 일으켜 세워야 한다는 것도 알아차릴 수 있지 않을까. 시간이 걸려도 천천히. 작가는 말한다. 내가 있는 바로 그 자리에서 행복했다고.

지금 그 자리에서 행복한 이유는 어쩌면 밝고 찬란한 햇빛

이 있기 때문일지도 모른다. 한 번쯤 만져보고 싶고 맨눈으로
맞바라보고 싶기도 한.

데굴데굴 구르며
약진하는 이야기

· · · · · · 레몬

방학 동안 다른 도시에 가 있게 된 사진학과 선생을 만난 자리에서 선물을 받았다. 냉장고도 다 비웠고 이제 내일 출발하면 된다면서 나에게 쇼핑백 하나를 내밀었다. 내용물을 확인한 순간, 몇 가지 일들이 떠올랐다.

미국 아이오와에서 세 달 동안 '세계작가프로그램'에 참가하고 있을 때였다. 가깝게 지냈던 일본 작가가 먼저 떠나게 되었는데 송별회를 마친 후 슬쩍 내 쪽으로 묵직해 보이는 쇼핑백을 주었다. 그러곤 고심 끝에 아주 중요한 결정을 내렸다는 표정으로 "이걸 믿고 맡기고 갈 사람이 너밖에 없다"라고 말했다. 숙소로 돌아와서 보니 그 안에 든 것은 프랑스산 소금, 통후추, 엑스트라버진 올리브오일.

베를린 반제 호수 근처 '작가의 성'에서 지낼 때는 아이슬란드 시인이 떠나기 전날 싱싱한 바질 화분을 내게 주며 말했다.

"그녀를 잘 부탁해."

"그녀라고?"

"독일어로 바질은 여성명사거든."

시인이 윙크했다. 그녀가 공동 부엌에서 파스타를 요리할 때마다 몇 장씩 이파리를 따서 쓰던, 아끼는 허브였는데. 몇 년 전 상하이에서도 제 나라로 일찍 돌아가게 된 소설가가 멸치 올리브절임과 달걀을 포장해준 적이 있다. 친했던 멤버들이 몇 명 더 있어도 식재료만은 나에게 맡기고 싶었던 모양일까. 물론 나는 그들의 예상대로 그 재료들을 요긴하고 알뜰하게 쓴 게 사실이다.

사진학과 선생이 준 봉투에는 향초 외에 플라스틱같이 단단하고 샛노란 레몬 두 알이 들어 있었다. 며칠 전에 나도 여섯 개들이 한 팩에 5800원 주고 사둔.

감기 기운이 느껴지면 레몬부터 찾는다. 소금으로 표면을 문질러 닦아 뜨거운 물에 즙을 내서 먹거나 생수에 레몬 조각을 넣고 마시면 도움이 되니까. 새로 생긴 레몬을 냉장고에 넣어두려는데 그 하나의 무게가 "모든 아름다운 것을 중량으로 환산한 무게"라는 표현이 나오는 가지이 모토지로의 단편 「레몬」이 생각나 오랜만에 꺼내보았다. 초조하고 정체를 알 수 없는 무거운 마음으로 온종일 거리를 헤매고 다니던 주인공이 어느 날 밤 과일 가게에서 뜻밖에 레몬을 보고 한 알 산다. "레몬 옐로우의 그림물감을 튜브에서 짜내어 응고시킨 듯한 그 단순한 색깔"과 "위아래가 오그라들어 안이 꽉 찬 방추형 모양"이 주인공의 집요했던 우울함을 달래준다는 짧은 이야기.

오르세 뮤지엄에서 본 에두아르 마네의 레몬은 침착하고 고요했다. 단순한 타원형의 접시와 타원형의 레몬. 그것이 전부다. 마네는 레몬 한 알을 그렸을 뿐이다. 그런데 이 긴장감은 어디서 오는 것일까. 세잔의 사과를 볼 때와 같은. 작가의 묘사를 통해서 정물들이 만들어내는 균형과 조화를 가만히 응시한다. 정물화에 푹 빠진 적이 있었고 아직도 좋아하고 앞으로도 그럴 거라고 생각한다. 레몬 한 알, 사과 한 알. 작아보여도 빛, 색채, 음영, 구도가 있어야 한다. 정물은 스스로 움직이지 못하지만 그 형태와 원근으로 공간감을 만들어낸다. 정물화를 마주하고 있을 때면 그 안에 이야기가 막 피어오르는 것이 느껴진다. 어떤 묵직한 침묵도.

목이 마르다. 레몬의 싱싱한 신맛이 감도는 하이볼 한 잔이 생각난다. 레몬을 잘라 한 조각 썰고 나머진 즙을 내 잔에 넣는다. 산토리 위스키와 탄산수를 섞는다. 그리고 둥근 얼음도 넣는다. 일요일 오후의 술. 레몬즙을 듬뿍 넣은 차가운 하이볼을 마신다. 하이볼은 노란색이 아닌데 레몬 때문인지 노랑으로 보인다. 기분 좋은 색이다. 가볍고 순수하며 생기 넘치는. 작업실 소형 냉장고에 레몬이 떨어지지 않게 한다. 하이볼이나 레몬수를 만들지 않아도 냉장고를 열 때마다 웅크리고 있는 노란빛이 보기 좋아서.

이런 이야기는 어떨까. 말하는 레몬이 있다. 주인공이 가는 데마다 따라다니며 이러저런 참견과 잔소리를 하는 레몬. 나는 왜 그런 경쾌하고 코믹한 이야기는 못 쓰는 걸까. 때론 쓰고 싶다, 레몬 같은 이야기. 데굴데굴 구르며 약진하는.

노랑은 긍정적인 기운을 주고 창의적인 생각을 하는 데 도움이 되는 색깔이라고 한다. 선물처럼 레몬의 노란빛을 나눠 갖고 싶다.

그리고, 맞다. 레몬은 식물이다.

불가리아식 행운

기내에서 영화 〈예감은 틀리지 않는다〉를 보았다. 원작과
는 다른 데가 많아서 내가 그 책을 읽었다는 사실마저 의심
스러워졌다. 작가가 이 소설을 통해서 하고 싶었던 말 중 하
나도 기억은 실제와 같지 않다는 것 같은데. 집으로 돌아가면
2012년 봄에 읽었던 그 소설을 다시 봐야겠다고 생각하면서
낯선 장면들을 흥미롭게 지켜봤다.

소설이 '등장인물이 시간을 거쳐 형성되어가는 것'처럼 영
화도 그 점에서는 비슷한 모양인가 보다. 토니와 베로니카는
원작에서보다 자주 만나고 있지 않나. 그들이 세 번째 만나는
장면에서 베로니카의 왼손 약지에 낀 반지를 보고는 토니가
묻는다. "혹시, 음, 결혼한 거야? 반지를 끼고 있네." 베로니카
는 고개를 젓는다. 그러자 토니가 하는 말, "신비로운 실수를

했군".

집으로 돌아와 원작을 찾아보았다. 영화의 그 장면은 번역본에 이 한 문장으로 처리돼 있었다.

그녀는 왼쪽 약지에 빨간색 유리 반지를 끼고 있었는데, 그녀라는 존재만큼이나 불가사의했다.

어쨌거나 왼손 약지에 반지를 끼면 여전히 그게 결혼했다는 표시처럼 보인다는 것과 결혼을 하지 않은 일이 '신비로운 실수'로 말해질 수 있다는 데서 마음이 복잡해져버렸지만 영화 덕분에 『예감은 틀리지 않는다』를 한 번 더 읽었고, 처음보다는 좋은 소설이라고 느끼게 됐다. 왜 그랬을까. 그 몇 년 사이 내가 나이가 더 들어서인 걸까. 기억이나 인생의 몇 가지 회한, 실수, 혹은 아름다움들처럼 부정적이든 긍정적이든 사람이 살면서 의지하는 생의 인상印象들이 얼마나 왜곡되고 깨지기 쉬운가를 알게 되어서. 어떤 소설들같이 있을 수 없는 일, 예상치 못한 일, 불가능한 일 들이 하룻밤 사이에도 일어나버리는 게 인생이라는 걸 알게 되어서.

자, 이런 이야기를 해보자.

메리라는 일흔 살의 여인이 있다. 어느 날 가족 농장에서 일하다가 그만 결혼반지를 잃어버렸다는 사실을 알게 됐다. 남편한테는 너무나 미안해서 솔직하게 털어놓을 수 없었고 그건 메리의 비밀이 돼버렸다. 어느덧 남편은 세상을 떠났고 시간은 흘렀다. 13년 후 메리는 농장에서 당근을 수확하다가 깜짝 놀라고 만다. 그때 잃어버린 결혼반지를 몸통에 허리띠처럼 두르고 자란 당근을 발견했으니. 메리는 감탄과 경이로움 속에서 가족들이 지켜보는 가운데 당근을 커팅하고 다시 그 결혼반지를 손가락에 낀다.

이런 이야기, 쉽게 믿을 수 있을까. 이 스토리를 단편소설로 쓴다면 아마 핍진성(그럴듯함)과 개연성(일이 일어날 법함) 부분에서 읽는 이를 설득하기 어려울 것 같다. 그런데 이 사연은 실화다. 캐나다 앨버타주에 사는 84세의 메리 그램스 씨에게 며칠 전에 일어난.

우연성을 소설에서 무척 잘 활용하는 작가는 폴 오스터다. 이 대가는 소설이 만들어낼 수 있는 진실은 우연에서 비롯되는 경우가 많다고 말한다. 지어낸 이야기보다 실제 이 세상에서 벌어지는 현실에서 더 많은 우연, 즉 예상치 못한unexpected 일이 일어난다고. 그의 첫 책 『뉴욕 3부작』에서 최근작까지 따라 읽다 보면 바로 그 우연성, 예상치 못한 일에 폴 오스터가 얼마나 관심이 많은지 실감할 수 있다. 일상에서 일어날 수 있는 불가능한impossible 일과 있을 수 없는improbable 일 들에 관해서.

메리 할머니의 당근 반지를 예로 든 것처럼, 믿기 힘든 이야기가 다가왔을 때 내가 주춤거리고 쓰기를 망설인다면 바로 그 우연성 때문일지 모른다. 거기에 핍진성과 개연성을 불어넣는 작업은 지난할 게 분명할 테니까. 혹시 못 이기는 척 내 친구 안나의 말을 따라 해보면 쓸 수 있을까.

안나, 불가리아 소설가.

상하이의 한 아파트에서 두 달을 지낼 때였다. 다른 작가들도 있었지만 그리스에서 온 내 또래의 아만다, 딸이 내 나이쯤이라는 안나, 이렇게 내 방에 자주 모여 간소한 저녁을 먹고는 했다. 세 여성 작가의 관심사는 거의 일치했다. 글쓰기, 여행, 책, 가족, 자유. 그중 글쓰기에 관한 이야기는 언제나 빠지지 않았다. 누구든 글쓰기가 안 되고 있으니까.

웃을 때조차 진지해 보이는 안나가 어느 날 아만다와 나에게 엄숙하게 말했다.

"반지를 껴라."

"반지?"

"그래, 새끼손가락에."

"그게 글쓰기랑 무슨 상관인데?"

"이건 정말 비밀인데, 너희는 내 친구니까 특별히 알려주는 거다. 옛날부터 불가리아 여성 작가들한테 전해 내려오는 이야기가 있다. 양쪽 새끼손가락에 반지를 끼면 그 둥긂과 완벽함의 조화가 우주의 기를 모아줘서 좋은 글을 쓸 수 있다고."

그러고 보니 절약하느라 밥 한 끼도 제대로 사먹지 않는 안나는 새끼손가락 말고도 거의 열 손가락에 각각 은반지들을 끼고 있었다. 굵기도 모양도 다른.

다음 날 아만다가 수줍은 표정으로 내 방문을 두드렸다. 반지를 사러 가자고.

서랍에 넣어둔 반지함을 꺼내보았다. 이 글을 반지를 끼고 쓰면 어떨까 싶어서. 오른손에 하나를 더 껴야 그 불가리아식 글쓰기의 행운이 생길 텐데. 새끼손가락에 맞는 반지는 하나밖에 없기도 하지만 어쩐지 양쪽 손에 끼기도 망설여진다. 글을 잘 쓸 수 있는 방법이 있다는 건 믿기지도 않고 있을 수도 없는 일인 것만 같아서.

항상 양손에 반지를 끼고 있는 안나는 매일 직장에 다니고 밤에 소설을 쓰고 주말이면 손자손녀를 돌보고 개와 고양이를 키운다. 최근 영국에서 소설집이 번역돼 나와서 무척 기쁘지만 늘 글 쓸 시간이 터무니없이 부족하다고 한다. 아만다는 유방암에 걸렸고 그리스 경제 위기로 첫 소설 『나는 왜 나의 베스트 프렌드를 죽였나Why I Killed My Best Friend』의 인세로 산 작업실을 팔아야 할 위기에 처했지만 요즘도 하이힐을 신고 고개를 꼿꼿이 세운 채 방사선치료를 받으러 다닌다.

『예감은 틀리지 않는다』는 질문하게 한다. 내가 과연 내가 생각하는 그 사람인가?

지금은 이런 질문이 선행될 수 있다면 좋겠다. 내가 과연 내가 생각하는 사람이 돼가고 있는가? 인생이 갖고 있는 불가능성, 있을 수 없는 일들에 더욱 놀라워하고 감탄하면서. 짐작하기 어려운 결말도 우리 앞에 기다리고 있다. 불가능한 것, 있을 수 없는 일들이 실제로 일어날 수도 있는. 그러니 내일도 살아봐야겠다.

예전보다 못한 내가
되고 싶지는 않아

······ 손목시계

  나는 어떻게 이런 사람이 되었을까, 짐짓 돌아보고 싶을 때
가 있다. 어쩌다 아침에 자고 낮에 일어나는 저녁형 인간이 되
었는지, 사회성이라고는 눈곱만큼도 찾아볼 수 없는 사람이
되었는지, 옷은 언제부터 검정과 무채색만 입게 되었는지, 왜
시가 아니라 소설을 쓰게 되었는지, 손목시계는 왜 오른손에
차게 되었는지. 어느 시점에선가 인생을 다시 산다면 그런 이
유들을 알 수 있을까.

  2014년 12월부터 세 달 동안 로마에서 거주하게 되었다. 함
께 사피엔차대학 심포지엄에 참여했던 소설가 S선배가 크리
스마스를 로마에서 보낸다고 해서 남편이 올 때까지 둘이 자
주 만나 밥을 먹고 시내 곳곳을 걸어 다녔다. 인파로 붐비는
스페인광장 앞 콘노비 서리를 구경하다가 스와치 매장 앞에

서 걸음을 멈췄다. 쇼윈도에 내가 좋아하는 완전한 검정에 은 빛과 검정 큐빅이 시곗줄에 촘촘히 박힌, 우아하면서도 명랑해 보이는 시계가 눈을 사로잡았다. 그때까지 한 번도 스와치 시계를 갖고 싶어 한 적이 없었는데.

"저거, 마음에 드냐?"

선배가 물었다.

떠날 날을 며칠 앞두고 선배가 묵는 호텔 앞 식당에서 피자와 맥주를 마시던 오후였다.

"잊어버리고 갈까 봐."

선배가 가방에서 작은 쇼핑백을 꺼내 건네주었다.

"다음 주가 생일이잖아, 이거 선물이다."

그때 본 검정 큐빅 스와치 시계가 들어 있었다.

선배와 남편이 밤 비행기로 로마를 떠나는 날, 셋이 늦은 점심을 먹고 천사의 성에 올라가 해가 지는 풍경을 지켜보았다. 아끼고 있다가 그날 처음으로 스와치 시계를 차고 나갔다. 두툼하고 손등까지 소매가 내려오는 스웨터를 입고 있어서 혹시라도 선배가 시계를 보지 못할까 봐 추운데도 종종 소매를 걷어 올리곤 했다. 그렇게라도 마음이 전해졌으면 해서. 공항으로 출발해야 할 선배 부부와 천사의 성 앞에서 헤어졌다. 차디찬 숙소로 걸어가는데 귀가 떨어져나갈 만큼 세차게 바람이 불고 또 불었다.

숙소로 돌아와 시계를 푸는데 그만 본체 유리에 금이 간 게 보였다. 1센티미터쯤, 아주 선명하고 눈에 띄게.

콘도티 매장으로 가서 조근조근 따졌다. 처음 차고 나갔고 어디 부딪친 적도 없는데 이렇게 맥없이 금이 갈 수 있느냐고. 금발머리를 뒤로 팽팽하게 묶고 007 영화에 나오는 요원처럼 몸에 맞는 슈트를 차려입은 젊은 매니저가 오더니 시계판에 간 금은 수리도 교환도 환불도 안 된다고 딱 잘라 선을 그었다. 나도 물러나지 않았다. 그러자 매니저가 팔짱을 끼며 물었다. 영수증은 갖고 왔니?

나는 말없이 스와치 매장을 나왔다. 영수증이 있다고 해도 선배는 이제 서울로 돌아갔고, 그런 이야기는 선물해준 사람에게는 해선 안 될 것 같아서.

어디서든 스와치라는 브랜드를 볼 때면 늘 그때의 SFM128 모델이 떠오른다.

스와치 창업자인 니콜라스 G. 하이에크의 인터뷰를 본 적이 있다. 패션처럼 양쪽 손목에 여러 개의 스와치 시계를 찬 사진도. 19세기까지만 해도 부와 정확성이 그 가치의 척도였으며 보통 사람은 가질 수 없었던 손목시계를 하이에크는 '시계는 기능이 아니라 패션이다'라는 모토로, 부품을 줄여서 플라스틱 소재 케이스에 바로 조립하는 시계를 만들어냈다. 브랜드와 예술에 관한 책 『명품의 조건』을 읽다가 알게 됐는데 스와치Swatch는 '스위스Swiss 시계Watch이며, 장소와 스타일에 따라 다르게 착용하는 두 번째 시계second watch'를 뜻한다고 한다.

비록 시계판에 금은 갔지만 그 까만 큐빅 스와치를 장소나 옷차림에 따라 종종 착용한다. 금은 갔어도 시곗바늘은 여전히 정확히 움직이며 반짝거리기까지 하니까.

그게 두 번째 시계라면, 애용하는 첫 번째 시계는 동생에게 선물 받은 제품이다. 무브먼트가 큰 남자용. 빛을 통해 에너지를 충전하는 솔라solar 방식이라서 햇빛을 봐야만 바늘이 움직인다. 오랜만에 그 시계를 차고 대문을 나서면 멈춰 있던 시곗바늘이 그제야 태양을 보곤 움직이기 시작한다. 그것도 뒤로 째깍째깍.

영화 〈까밀, 리와인드〉에서 알코올중독자가 된 중년의 까밀은 돌아가신 부모에게 선물 받은 손목시계를 수리하러 상점에 간다. 12월 31일이었고, 신비한 분위기의 주인은 세상 모든 시계들은 우주의 움직임보다 1초씩 늦게 움직인다며 오늘은 그것을 제대로 맞추자면서 까밀의 시계를 1분 늦게 조정한다. 무슨 일이 벌어질까? 그날 자정, 해가 바뀌는 순간 까밀은 까무룩 자신의 인생에서 가장 아름다웠던 열여섯 학창 시절로 돌아간다. 인생에 대해 지금 알고 있는 것을 다 안 채로.

그럴 수 있다면 돌아가고 싶은 때가 있는지? 음…… 나는 없다고 말하고 싶다. 한 번 산 시간은 한 번으로 되었으니까. 아무리 젊고 찬란한 때가 있었다고 해도 그 시간을 건너오기까지도 꽤나 힘이 들었다. 뭐, 하룻밤 정도야 괜찮겠지, 내가 어떻게 현재의 이런 사람이 되었는지 알 수 있을지도 모르니까. 돌아가고 싶은 때는 없어도 지금의 이 물리적인 나이에는 머물고 싶다. 지금까지 익히고 배우고 깨닫고 아는 그대로. 그러면 어제의 나보다는 낫지 않을까.

시간은 흐르는데 더 나은 인간이 되기는커녕 예전보다 못한 내가 될까 봐 겁난다. 그래서 느리게라도 계속해서 읽고 생각하고 듣고 보고 쓴다. 일단 멈춘다면 예전보다 못한 내가 될 게 뻔하니까. 시간은 순환한다는 말은 위로일 뿐이다. 시간은 앞으로 간다. 우리는 분명히 지금보다 늙은 사람이 될 것이다. 그러니 지금 이 순간, 이 시간을 명백히 살아내야 한다. 나는 나답게 당신은 당신답게.

시간은 순환한다는 말은
위로일 뿐이다.
시간은 앞으로 간다.
그러니 지금 이 순간,

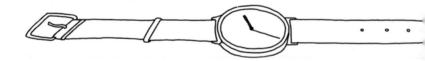

이 시간을 명백히 살아내야 한다.
나는 나답게 당신은 당신답게.

태우다

몇 년 전 상하이 훙차오 국제공항에서 있었던 일이다. 두
달 체류했던 짐을 부치고 입국수속을 받으려는데 수화물 구
역 쪽에서 누군가 내 이름을 크게 불렀다. 트렁크에 뭔가 넣
지 말아야 할 물건을 넣은 게 있나? 잠시 당황했지만 그런 짐
을 챙겨 넣을 리 없었다. 불려 들어간 방에 군복처럼 보이는
공안복을 입고 허리에 권총을 찬 여직원이 손가락으로 내 빨
간색 트렁크를 가리키며 저기에 수상한 걸 넣었느냐면서 싹
풀어보라고 했다. 말투도 불친절한 데다 바빠 죽겠는데, 하는
표정까지 적나라하게 드러내는 데 마음이 상한 나도 한소리
했다. 전부 다 살펴봐라, 수상한 게 있나 없나. 여직원이 두 손
을 허리춤에 짚으면서 나를 위아래로 살피곤 트렁크를 긴 막
대 같은 걸로 늘쑤셔보기 시작했다. 기내 반입 금지 물품은

물론 찾을 수 없었다. 그래도 내 트렁크를 투시기에 통과시키면 여전히 삑 소리가 났다. 검사해야 할 다른 트렁크들이 밀려들고 있었다. 여직원은 하는 수 없다는 듯 정말 이상한 거 없지? 다시 확인하고 잠시 내 여권을 가지고 사라졌다가는 돌려주었다. 그냥 가라고, 다음부턴 그러지 말라고. 대체 다음부터 뭘 그러지 말라는 거지? 의아해하면서 탑승 시간이 얼마 남지 않은 게이트를 찾아 두리번거렸다.

집에 돌아와 트렁크를 풀 때였다. 눈에 띄지도 않을 작은 크기의 성냥 두 갑이 옷과 옷 사이에 끼여 있었다. 하나는 항저우 호텔 방에 있던 건데 내 이니셜처럼 R이라고 새겨진 성냥이었고, 다른 하나는 상하이작가협회 사람들과 마지막 만찬을 했던 식당에서 집어온 성냥이었다. 그 이전만 해도 나는 어느 도시엘 가나 사적인 기념품인 양 인상적인 카페, 호텔, 식당, 바에 놓여 있는 성냥을 하나씩 가져오고는 했다. 성냥은 성냥 그 자체로도 쓸모가 있는 데다가 내가 머문 장소의 주소와 전화번호가 적힌, 기억을 더듬거나 다시 그 도시를 방문할 때 유용한 정보를 주는 지도 역할까지 했다. 뉴욕 이스트 85번지에서 가져온 KGB 바의 성냥, 베를린 플란츠라우어 거리 비어가르텐에서 가져온 성냥, 드레스덴 전통 카페 싱켈바흐의 성냥 등 그렇게 한 개씩 가져다 놓은 성냥들이 한 바구니 넘게 있다. 이따금 그 장소에서 만났던 사람, 보았던 것, 느낀 것, 들었던 이야기 들을 떠올려보는 시간도 쓸쓸하지만 좋다.

인천공항에서 다른 도시로 출국할 때 성냥이나 라이터를 갖고 나갈 일은 없었으니 입국 시에도 성냥이 기내 반입 금지 물품이라는 점을 뒤늦게야 알게 되었던 거다. 홍차오 국제공항 사건 이후로 나는 아무리 욕심나는 성냥을 봐도 모아뒀다가 그냥 숙소에 두고 그 도시를 떠나온다.

21세기를 성냥의 시대라고 말하기는 어려울 것이다. 어느 날 그렇다는 사실을 깨닫고는 성냥에 호기심이 더 생겼다. 경상북도의 한 성냥 공장을 취재하고 와서 「성냥의 시대」라는 단편을 쓰게 된 데도 그 이유가 컸다. 나는 성냥의 시대를 살아왔고 내 유년을 말할 때 빼놓을 수 없는 사물이 바로 성냥, 아니 그 성냥 때문에 보게 된 갑작스럽고도 제지할 수 없었던 불꽃이기도 하니까.

UN표 팔각성냥이 있었다. 기린표 통성냥, 날개 달린 사자가 마크였던 비사표 성냥도. 내가 어렸을 적에는 집집마다 구식 부엌에서 난로를 켜서 밥을 해먹던 때라 성냥은 심지에 불을 붙이기 위해서도 갖춰두어야 할 필수품이었다. 게다가 정전은 왜 그렇게 자주 일어났는지. 양초의 심지도 성냥을 켜서 붙였다. 성냥이 없던 집은 한 집도 없었다, 라고 쓰려고 보니 그건 확신할 수 있는 사실은 아니고 또 우리 동네만 그랬을지도 모르겠다. 아무튼 내 유년 시절의 성냥이란 값나가는 건 아니어도 말할 수 없이 중요하고 또 그런 만큼 흔하디흔한 사물이기도 했다.

부모가 집을 비운 날, 세 자매가 안방에 모여서 이불을 펼쳐놓고 놀았다. 그때 이불이 아직도 선명하게 떠오른다. 겉은 반짝거리는 인견 비슷한 천으로 싼 큼직한 목화 꽃이 그려진 자줏빛 솜이불이었다. 무겁고 오래된 이불이었는데 그 한 장으로 세 자매가 겨울을 났다. 우리는 모두 빨간 내복을 아래위로 입고 두꺼운 이불 밑으로 들어가거나 서로 빼앗아 뒤집어쓰거나 뭐, 그런 시시한 놀이를 하고 있었다. 뭔가 다른 놀이가 없을까? 나는 두리번거리다 방구석에 놓인 팔각형의 UN 성냥갑을 보았다. 저거 갖고 놀자! 재밌겠다! 안 돼, 엄마한테 혼나. 언제나 어른의 눈을 피해서 성냥을 한번 확 그어보고 싶던 때였다. 나는 어렸고 동생들은 더 그랬다. 이불을 펼쳐놓고 나는 동생들과 성냥을 하나하나 켜기 시작했다. 적린에 성냥을 슥 그을 때 풍기는 유황 냄새와 나무 냄새. 그리고 노랑 빨강 파랑 황홀하게 일렁이다가 성냥을 거꾸로 세우면 사그라드는 작은 불꽃. 그건 시시한 놀이가 아니었다. 불꽃이 꺼지면 곧장 다른 성냥을 그었다. 더 큰 불꽃이 보고 싶었다. 그러다가 손끝이 너무 뜨거워져서 그만 들고 있던 성냥을 놓쳐버렸다. 성냥은 이불 위로 떨어졌다.

우리는 누가 먼저랄 것도 없이 비명을 지르며 자리에서 일어났다. 이불은 기다렸다는 듯 성냥을 와락 껴안는 것처럼 보였다. 뜻밖에 커진 불꽃은 전혀 아름답지 않았고 좋은 냄새를 풍기지도 않았으며 사납고 난폭했다. 이불 전체가 다 타버리기 전에 다행히 근처에 있던 어른들이 불꽃을 잡았다. 집들이 다닥다닥 붙은 골목에 살 때였다. 나는 그때 불꽃을 잡는다는 말이 어떤 의미인지 이해했다. 그러기에는 너무 빠른 나이였고 그날 이후로 갑자기 조숙한 아이가 돼버렸는지도 모른다. 불은 무서운 것, 조심해야 하는 것, 함부로 다루면 안 되는 것이라고 엄마가 때리는 것처럼 나 자신을 질책했다. 너는 언니잖아, 그 말도 너무 무서웠으니까.

무섭고 조심해야 하고 함부로 다루면 안 되는 어떤 것이 때로는 아름답고 치명적일 만큼 매혹적인 대상이 될 수도 있다는 걸 깨달았을 때 나는 내가 두 번째로 어른이 되었다고 생각했다.

메도루마 슌의 「투계」라는 단편은 싸움닭들을 키우는 아버지가 어린 아들한데 엉게 한 마리를 키워보라고 맡기면서 전

사물에 스며 있는 관념이 있다면
성냥과 불을 붙이는 행위, 태우는 행위도 그렇지 않을까.

개된다. 자신에게도 처음 책임져야 할 무엇이 생긴 데 자부심을 갖게 된 소년은 아카라는 이름까지 붙여주곤 정성껏 그 닭을 키운다. "닭에게 기술은 못 가르쳐. 타고난 재능이 있을 뿐이지." 아버지는 냉정하게 말했지만 소년은 아버지 보란 듯이 아카를 힘이 센 투계로 키우고 싶어 한다. 물론 소설은 소년의 바람대로 흘러가지 않는다. 아카는 보기 드문 투계로 자랐지만 소년도 아버지도 그 아카를 지킬 수 없게 된다. 아카를 죽음으로 몬 이웃집 삼나무 밑동에 휘발유를 뿌린 후 소년은 성냥개비 여러 개에 불을 붙여 던진다. 소년의 분노와 아버지의 초라함과 힘과 권력으로 사람들을 지배하는 이웃에 대한 미움을 모두 담아, 힘껏.

엘리자베스 스트라우트의 단편 「범죄자」의 마지막 장면도 잊을 수 없다. 소심하고 눈에 띄지 않는 사람, 레베카 브라운은 어릴 적 자신을 떠난 엄마가 보내온 엽서와 치과에서 훔친 잡지 한 권을 가방에 넣고 집을 나선다. 주머니 속에는 라이터를 찔러 넣었다. "언제나 조그만 불꽃이 확 일어나는" 것을 좋아했던, 자신을 끝내 찾으러 오지 않았던 엄마의 엽서를 잘게 찢을 때 자신도 모르게 조용한 신음 소리를 낸 그녀는.

한번 읽으면 영원히 잊을 수 없을 것만 같은 소설이 있는데 복산 게이의 「언니가 가면 나도 갈래」라는 단편도 그렇다. 특히 마지막 장에 가면 한 편의 소설이 결말 부분에서 독자에게 주는 공감 혹은 이해라는 게 어떤 것인지 단박에 배울 수 있는 작품이기도 하다. 열 살, 열한 살 때 성폭행을 당한 두 자매가 종신형을 선고받았던 가해자한테 온 편지를 읽는다. 자신을 용서해달라고, 이제 하느님을 만나서 새 삶을 살고 싶다고, 당신들의 용서가 필요하다고. 자매는 운다. 그리고 편지 끝에 불을 붙인다. 재들은 날리고, 마침내 흔적도 없이 사라져버린다. 아프고 아름다운 소설의 필연적인 결말들처럼.

그러고 보니 성냥 이야기를 하다가 내가 무척이나 아끼는 단편소설 이야기를 세 편이나 하고 말았다.

사물에 스며 있는 관념이 있다면 성냥과 불을 붙이는 행위, 태우는 행위도 그렇지 않을까. 사물 그 자체로는 어떤 이야기가 가능할까. 그런 생각을 하다가 여기까지 썼다. 잭 런던의 단편 「불을 지피다」 이야기는 시작도 못 했는데.

지금 무엇을
하고 있습니까?

날마다 10분씩

하버드대학에서 20년간 글쓰기 프로그램을 이끈 한 교수의 인터뷰와 그에 관한 칼럼들을 일간지 몇 군데서 읽었다. 글쓰기 실력 향상에 중요한 점은 학생들끼리 글을 읽고 평가해주는 '동료 평가peer edit'라는, 나도 크게 동의하는 그 말을 종강하는 날 학생들에게 들려주었다. 합평회도 영어로 'peer group'이라고 한다. 창작 수업을 진행하다 보면 학생들은 같은 반 또래가 해주는 평가에 무척 민감해하며 영향 받는 걸 알 수 있다. 그래서 학우의 원고를 꼼꼼히 읽고 와서 말해주는 학생들이 소중하게 느껴질 수밖에 없다. 수업 전에 나도 한 학생의 습작 원고를 최소한 세 번쯤 읽는다. 처음 읽을 때는 연필로, 두 번째는 녹색 하이테크 포인트펜으로, 세 번째는 모나미 153 빨간색 볼펜으로 체크해가면서.

한 조각가와 일 이야기를 하려고 만난 자리에서 그가 쓰는 필기구들을 보았다. 몸통이 노란 육각형 모양의 까만색, 빨간색, 파란색 볼펜을. 내가 자주 봤던, 어렸을 적 이모나 삼촌의 교복을 연상시켰던 흑백 모나미 볼펜의 몸통과 촉의 색깔과는 다른 게 신기해서 만지작거렸더니 그 조각가가 마음에 들면 쓰라고 했다. 익숙한 디자인인 데다가 막 쓰기에도 좋아서 그날 하나 가져온 빨간색 볼펜을 그 후 필통에 넣어 갖고 다닌다. 무언가를 확정하고 표시하는 데 그 1밀리짜리 적색 볼펜만 한 게 없는 듯싶다. 어쩌면 유년 시절에 짧아진 연필 끝을 깎아 볼펜에 끼워 썼던 몽당연필의 추억도 한몫했을지 모르겠지만.

문구에 관한 대부분의 책이나 최근에 출간된 물건의 뒷이야기와 역사를 만화로 그리고 쓴 『물건의 탄생』에도 볼펜에 관한 챕터는 빠지지 않는다. 그간 읽은 책들의 내용을 종합해보면 볼펜을 만든 가장 중요한 사람은 20세기 중반 헝가리 태생의 라즐로 비로라는 기자다. 만년필에서 잉크가 자주 새어 나와 불편을 겪던 그는 어느 날 카페에서 어떻게 하면 잉크가 새지 않고 종이에 닿자마자 빨리 마르는 펜을 발명할 수 있을까 진지하게 궁리하고 있었다. 그때 길에서 구슬놀이를 하는 아이들을 보았다. 그리고 "물웅덩이를 지나간 구슬 하나가 섯은 자국을 남기면서 지나"가는 것도. 볼펜 끝에 없어서는 안될 회전하는 구슬, 즉 '구형球形' 아이디어는 그렇게 탄생되었다고 한다.

펜촉에 내장된 그 구형의 볼이 회전하면 잉크가 볼 표면에 달라붙으면서 종이에 글자가 나타난다. 펜이 바늘처럼 생긴 건 니들포인트라고 하는데 주로 얇고 세심한 선을 그어야 하는 제도 분야에서 널리 사용되고 일반적으로 쓰이는 건 포탄형이다. 볼펜의 굵기는 그러니까 펜촉에 따라 정해지는 모양이다.

아는 이 중에 '빅BIC'이라는 브랜드의 주황색 볼펜만 사용하는 기자가 있다. 이유를 물어봤더니 그냥 쓰기 좋아서라고 하는데 아마도 손에 딱 맞는 개인적 그립감과 심 끝의 잉크가 덜 묻어나고 빨리 마르기 때문이 아닐까.

내 작업실 책상에는 원통형 연필꽂이가 두 개 있는데 하나는 연필만 담았고 다른 하나에는 각종 펜들과 볼펜을 분류해 꽂아두었다. 그 볼펜들을 보면 필통에 갖고 다니는 건 프랑스어로 '내 친구'라는 뜻의 모나미 볼펜 153밖에 없지만 어디선가 계속 볼펜이 손에 들어오는 게 신기할 때가 있다. 나파벨리의 'fume'이라는 이름의 비스트로 주소가 쓰인 볼펜, 트렁크를 펼칠 수도 없이 좁고 물도 잘 나오지 않았던 베니스 파나다 호텔 방에서 슬쩍 가져온 볼펜, 버클리대학의 한국학 센터에서 선물로 받아 온, 심이 꼭지를 누르면 되는 노크식이 아니라 돌려서 쓰는 트위스트식 볼펜 등등. 언젠가 내가 한번 가봤던 장소와 주소가 새겨진 각종 볼펜을 책상에 앉아 하나씩 만지작거리다 보면 볼펜 또한 하나의 특별한 기념품이라는 생각이 든다.

이 필기구의 최대 장점이 한번 쓰면 지우지 못한다였던 것 같은데 볼펜도 진화하는 모양이다. 파이롯트에서 '지울 수 있는' 볼펜을 개발했다. 펜 끝에 지우개가 달렸는데 그것으로 문지르면 글씨가 지워진다. 마찰열을 이용해서 지워질 수 있는 특수 잉크를 사용한다나. 신기해서 몇 번인가 써보다가 옆 사람에게 주었다. 볼펜이라면 지워지지 않는 게 볼펜답다고 느껴져서. 지워지는 볼펜이든 그렇지 않은 볼펜이든 목적은 같다. 무언가를 쓰는 일.

하버드대학 글쓰기 교수는 "매일 10분이라도 글을 써야 생각을 하게" 된다고 말했다. 그럴 때 필기도구는 볼펜이 제격일 것 같다. 언제나 손 닿는 데 둘 수 있으며 촉을 조작하는 노크만 누르면 바로 쓸 수 있다는 점에서. 내키는 대로 쓱쓱 재빨리. 현재 내가 갖고 있는 이 선명한 볼펜 한 자루에도 1킬로미터를 그을 수 있는 양의 잉크가 담겨 있단다. 이 여름, 매일 10분씩이라도 글을 쓴다면 삶이 적어도 1킬로미터쯤은 나아간 거라고 스스로 여기게 될 수도 있지 않을까.

우리는 여기에 있다 ...... 터틀넥 스웨터

엇비슷한 시기에 『헤밍웨이의 말』과 『칼 세이건의 말』을 읽었다.

몇 년 전 어느 새벽에 나는 『노인과 바다』를 다시 꺼냈다. 어째서인가 그때 이미 너무 늙어버린 기분이었다거나 한때 밤하늘의 별처럼 나를 지탱해주던 신념이 사라져버린 듯한 막막함과는 상관없는 일일지도 모른다. 책은 언제나 필요했고 기대고 싶고 때로 쓰러진 나를 다시 일어설 수 있게 한 광대한 사물이니까.

그날 『노인과 바다』를 읽고 조금 울었다. 그런 힘 있는 글을 쓰고 싶다기보다 산티아고 같은 노인이 되고 싶다고 생각했기 때문이었을까. 원하는 것이 있다면 결코 포기하지 않는. 그 후 성낙복 신생의 번역으로 헤밍웨이의 단편들을 처음처럼 읽었고 산문집도 다 찾아 읽었다. 그냥 읽기만 한 게 아니라 「깨끗하고 불이 환한 곳」「살인자들」 등의 단편에서는 소설에서 중요한 인물과 대사를 만들고 쓰는 방식에 대해서 배우기도 하고. 어떤 글쓰기에 관한 책에서 그가 젊은 작가들에게 한 충고 중에 "작가에게 가장 어려운 점은 살아남아 자신의 글을 끝내는 것이다"라는 문장은 몹시도 뜨겁게 와닿았다. 또한 "모든 것은 보는 것, 생각하는 것 그리고 읽는 것에서 나온다"라는 말은 작가의 자세에 관해 성찰하게 해주었고.

『헤밍웨이의 말』은 은둔 시절의 마지막 인터뷰들을 모은 책이다. 생을 마치기 3년 전쯤의, 사후 10개월 뒤에 발표된 인터뷰까지. 한 인터뷰어가 아바나에서 몇 마일 떨어진 그의 집을 찾았다. 그는 헤밍웨이의 첫인상을 이렇게 표현해놓았다.

그는 바다의 신처럼 수염을 기르고 은발 머리를 뒤로 넘긴, 엄청난 체격의 소유자였다. 이 사람이 겨우 쉰아홉이라고? 믿기 힘들었다. 스무 살은 더 들어 보였다. 하지만 커다란 갈색 눈은 반짝반짝 빛났고, 싱긋 미소를 지을 때면―쿵―그냥 아이 같았다.

그 책 112쪽에 있는 흑백사진을 본다. 두툼한 터틀넥 스웨

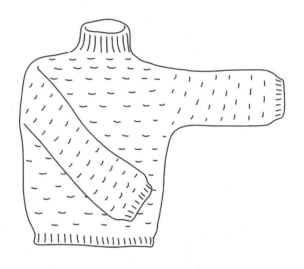

은빛 수염은 어쩌면 검정일지도 모를
어두운 색의 터틀넥 위에서
꿰뚫어 보는 듯한 그의 눈빛같이 빛났다.

터를 입고 입을 굳게 다문. 초상 사진작가로 유명한 유서프 카시Yousuf Karsh가 1957년에 찍은, 헤밍웨이도 가장 좋아한다고 말했던 사진. 은빛 수염은 어쩌면 검정일지도 모를 어두운 색의 터틀넥 위에서 꿰뚫어 보는 듯한 그의 눈빛같이 빛났다. "맹렬한 불화"를 겪으며 드라마틱한 삶을 살아낸 작가의 모습이 그 흑백사진 한 장에 집약돼 있는 듯 보인다. 어디선가 사진의 단점은 '순간'이라는 말을 읽은 기억이 난다. 개인적으로 어떤 한 순간은 영원을 말해주기도 하고 사진, 카메라는 바로 그것을 표현해내는 도구라는 생각을 한다. 카시의 이 흑백사진에서 헤밍웨이의 터틀넥 스웨터는 모든 것을 다 말하지 않으며(말할 수 없으며), 자신을 지킬 수 있을 만큼의 방어도 가능한 갑옷 같은, 철저하게 그를 안전하게 감싸고 보호하는 인상을 준다.

그 인터뷰에서 헤밍웨이는 말한다.

해야 하는 말들은 글로 씁니다. 난 철학자가 아니에요. 말로 할 수 있는 건 하나도 없어요.

개인적 취향 때문이겠지만 『칼 세이건의 말』에 실린 그 천문학자의 사진들을 보는데도 그가 터틀넥 스웨터를 자주 입는다는 사실을 금세 알아차렸다. 실제로 한 인터뷰어는 그가 대중에게 인기가 많은 이유를 잘생긴 얼굴과 명석한 재치와 "터틀넥 스웨터를 애호하는 편안한 취향" 때문이라고 써놓기도 했다. 꽈배기 무늬가 들어간 밝은색의 터틀넥, 양복 안에 얇은 쥐색 터틀넥을 입은 "무엇이 실제로 있는가가 아니라 무엇이 가능한가 하는 문제를" 다루는 이 천문학자에게 나는 그날도 배운다. 망원경에서는 붉고 둥근 공처럼 보이는 화성은 춥고, 금성은 표면 온도가 약 섭씨 470도나 되며 살아 있는 것은 공명하고 이 취약한 지구환경을 보호하기 위해 노력해야 하며 외계 생명이 있을지 없을지는 아직 모른다는 점에 대해서.

한 20년 전인가, 칼 세이건의 『창백한 푸른 점』을 거듭거듭 읽었다. 1990년 2월에 우주탐사선 보이저 1호가 태양계 외곽에서 찍은 지구의 모습. 창백한 푸른 점이라는 우리말 번역도 근사하지만 'Pale Blue Dot'이라는 원제목도 그렇지 않은가. 인간과 우주, 광활함, 개인, 삶에 대해 환기하고 신비를 갖게도 하는. 이 책은 총 22장으로 구성돼 있는데 1장은 마르쿠스 아우렐리우스의 『명상록』에 나오는 문장을 인용하면서 시작하고 있다.

지구 전체는 하나의 점에 불과하고, 우리가 사는 곳은 그 점의 한구석에 지나지 않는다.

사실 나는 이 1장의 제목에서부터 매혹당하고 말았다. 우리는 여기에 있다.We are here.

어쨌거나 다른 별에서 지구가 있는 태양계를 보면 이곳은 눈에도 띄지 않는 게 사실인 모양이다. 그러나 여기엔 나무가 있고 집이 있고 사람이 살고 있다. 칼 세이건의 말에 따르면 "별의 물질로 이뤄진 존재들"인 우리가, 여기 은하의 한구석에.

다음 열차, 있습니다 ······ 손톱깎이

 남아프리카공화국 더반에서 케이프타운으로 이동하는 내내 손톱 때문에 신경이 쓰였다. 건조해서 그런지 비행기만 타면 멀쩡했던 손톱이 툭툭 부러지고 거스러미가 인다. 기간이 아무리 짧아도 손톱깎이는 꼭 갖고 다니는 버릇이 생겼다. 집을 떠나면 이상하게 손톱도 빨리 자라고 배도 자주 고프고 키는 매일 줄어드는 느낌이 든다. 정신없이 떠나오는 통에 빼먹은 짐들이 많지만 손톱깎이를 잊어버리고 오다니. 혹시 누군가 손톱깎이를 챙겨 왔을까. 일행은 모두 40대 초중반의 남성. 헤어드라이어나 빗, 비누, 수건 같은 게 없어도 한 달쯤 뭐 어때? 하며 잘들 지낼 유형이다. 나만 떼어놓고 초원을 누비며 야생동물 탐험을 떠나려는 계획을 눈치채곤 같이 가게 해달라고 부탁해놨으니 손톱깎이 이야기는 하지 않는 게 낫겠지.

관광객들로 붐비는 워터프런트의 한 해산물 식당에서 점심을 먹고 30분쯤 자유 시간이 주어졌다. 사진기자들은 거리 사진을 찍으러 가겠다고 했고 나는 잠시 뒤에 합류하겠다고 돌아섰다. 점심 먹을 때부터 눈여겨본 쇼핑몰 빅토리아 워프로 들어갔다. 이 거리에서 가장 큰 쇼핑몰이라고 했으니 손톱깎이쯤 당장 살 수 있겠지.

빅토리아 워프에는 250개쯤 되는 상점들이 있는데 그중 기념품을 파는 작은 데를 골라 몇 번이고 "손톱깎이 있어요?" 물어봤지만 소용이 없었다. 현지 주민이었을까, 지나가던 여성이 "밖으로 나가면 슈퍼마켓이 있어. 거기에 네가 찾는 게 있을걸!" 씩 웃으며 말해주었다. 진짜 슈퍼마켓이 있었고 그 옆에 서점도 보였다. 다 살 수 있겠군, 재빨리 생각했다. 손톱깎이와 그 도시에 사는 작가의 책. 손에 익고 절삭력도 좋은 손톱깎이는 집에도 여러 개가 있으니 지금은 손으로 잡아떼면 아픈 거스러미와 부러진 손톱만 말끔히 정리할 수 있는 거면 오케이. 작은 손톱줄이 간신히 달린 중국제 손톱깎이 하나를 샀다.

그 옆은 'Exclusive Books'. 서점을 한 바퀴 둘러보다가 일행과의 약속 시간이 떠올랐다. 직원에게 책을 찾아달라고 부탁했다. 직원은 내 말을 한 번에 알아듣지 못하고 되물었다.

"누구라고?"

"존 쿳시."

"그게 누군데?"

"존 쿳시, 이 도시에서 태어났고 여기 사는 작가야."

"책 제목은?"

"Disgrace."

"아, 쿠치!"

그제야 직원은 성큼성큼 걸어가더니 존 쿳시의 『추락』을 건네주었다. 혼자서는 가기 어려울 듯한 남아프리카공화국에 갈 기회가 생겼을 때 써내야 할 여행기나 길고 긴 비행시간은 고려하지도 않은 채 퍼뜩 이렇게만 생각했다. 좋아하는 존 쿳시의 도시에 가게 되었구나.

흐뭇해져서는 방금 산 책에 영수증을 끼우고 있는데 동행인 사진기자가 서점 안으로 들어왔다. 내가 여기 있을 줄 알았다고. 원하던 손톱깎이와 존 쿳시의 책을 손에 넣은 나는 그제야 느긋하게 웃었다.

어느 날 '당신'은 뭄바이로 향하는 삼등칸 야간열차를 탄다. 차표를 사는 바람에 돈을 다 써버려서 마음이 초조하다. 창가 자리에 앉았고 옆과 앞자리에는 몸을 움직일 수도 없을 만큼 승객들이 빼곡하다. 밤을 두 번이나 보내야 하는 야간열차인데 누울 자리도 없다. 배에서는 꼬르륵 소리가 나고 바로 옆자리의 아이가 앉은 채로 오줌을 싸는 통에 엉덩이가 축축해진다. 야간열차는 언제 멈출까. 당신은 주머니를 뒤져 찾아낸 사탕을 아이에게 건넨다. 그때 바로 머리 위 침대칸에 있는 사람이 고개를 내밀고 당신에게 묻는다.

"혹시 손톱깎이 갖고 있나요?"

아시아인인 당신은 이런 밤중에 손톱을 깎다니, 라고 생각한다. 어릴 때부터 어른들에게 손톱은 밤에 깎는 게 아니라고 들어왔으니까. 나쁜 일이 생기거나 뱀이 나온다거나 하는 이야기들. 당신은 가까스로 가방을 뒤져 손톱깎이를 찾아낸다. 손톱을 다 깎은 인도 남자는 당신에게 매우 좋은 손톱깎이를 갖고 있다고, 자신한테 팔지 않겠느냐고 제안한다. 당신은 곤란하다고 거절한다. 인도 남자는 자신의 나라에는 "인간의 욕구를 채워주는 건 뭐든 다 있지만 손톱깎이"만은 없다면서 부탁한다. 당신은 주머니에 돈이 한 푼도 없다는 사실을 떠올리며 그럼 몇 루피나 줄 거냐고 묻는다. 실은 돈은 없다고 인도 남자는 말한다. 대신 차표를 한 장 주겠다고. 차표라고요? 당신은 반문한다. 그걸 지니고 있으면 언제까지라도 계속 열차를 탈 수 있다는 말로 인도 남자는 당신을 설득한다.

"계속이라니, 언제까지요?"

"이 여행이 끝나면, 곧바로 다음 여행이 찾아옵니다. 그게 끝나면 또 바로 다음 여행이 시작되죠. 그렇게 끊임없이 여행이 계속되는 겁니다."

자, 당신은 그 인도 남자에게 손톱깎이를 팔겠는지? 2인칭으로 쓰인 다와다 요코의 『용의자의 야간열차』 중 '열두 번째 바퀴'에 나오는 이야기다. 일본에서 태어나 독일어로도 작품 활동을 하는 다와다 요코에게 정체성과 시공간의 무경계라는 개념은 중요한 의미를 띠는 것처럼 읽힌다. 특히 '열차'라는 상징도. 열아홉 살 그녀가 처음 유럽으로 갈 때의 이동 수단도 시베리아 횡단 열차였다. 그 열차 안에서 '나는 누구인가?'라는 질문을 피해 갈 수 없었다고.

다와다 요코의 『영혼 없는 작가』를 읽고 나는 이 한 문장에 대해 오래 생각하지 않을 수 없었다.

언어가 큰 바다를 건너갈 수 있을까?

2011년 서울국제문학포럼에서 다와다 요코와 인사를 나눴다. 당신의 책을 읽었다고 밝힐 시간도 없이. 2013년 9일 횡지우의 한 호텔 회의장에서였다. 내 옆에 있던 유럽 작가들이 "어머, 저기 다와다 요코가 있다!"라며 흥분했다. 다와다 요코는 2년 전에 서울에서 만난 나를 기억했고 나는 반갑다고 말했다. 그러곤 "안녕"이라고 짧게 인사했다. 내가 알고 싶고 궁금해하는 모든 문학적인 이야기는 여전히 깊이 나눌 수 없을 터였으므로. 언제나 활짝 열려 있는 것은 언어뿐인 것 같다는 말도 삼킨 채.

당신과 나는 이미 열차를 타고 있는지도 모른다. 이 여행의 끝이 어디인지 아직은 알 수 없는. 어쩌면 우리는 오래전 누군가에게 이 여행이 끝나면 곧바로 다시 여행을 시작할 수 있는 기차표를 받았을까. 여행은 오래 계속될 터다. 서로가 하는 말을 듣고 보고, 서로가 원하는 것을 주고받거나 그러지 않으면서.

열차가 방향을 비껴갈 때, 이야기는 진짜 시작된다.

단념할 수 없음 ...... 수첩

며칠 동안 『굴드의 피아노』라는 책에 빠져 지냈다. 이 책은 피아니스트 글렌 굴드가 사망한 후 캐나다 국립도서관에 그의 유품들이 도착하는 장면부터 시작한다. 유품 중에는 그 유명한 '난쟁이 의자'도 있었다. 1953년에 아버지가 만들어준, 굴드가 "평생 애착을 지녔던 물건이며" 수십 년 전 세계 어디를 가나 가지고 다녔던 의자.

애착愛着의 사전적 의미는 '사랑하고 아껴서 단념할 수가 없음'이다.

나에게도 그런 사물들이 있다. 그저 사랑하고 아끼는 마음도 있지만 대개는 실용적인 측면에서도 그렇다. 그중 하나가 수첩이다. 럭셔리한 다이어리 말고, 크기는 손바닥을 넘지 않는 정도에 적당히 얇고 커버가 누껍지 않고 나긋나긋하여 가방이나 주머니 어디에라도 쏙 들어가며 문방구에 가면 쉽게 구할 수 있는 수첩.

나는 기억력이 좋지 않은 데다 그때그때 떠오르는 문장이나 단어들을 적어두지 않으면 불안해져버려서 가방마다 제각각 다른 수첩들을 갖고 다니고 침대 옆, 식탁, 책상에 수첩을 올려두고 있다. 재능이 없는데 어떻게 하면 작가가 될 수 있느냐고 물어오는 분들이 종종 있다. 딱 부러지는 대답은 할 수 없지만 이렇게 생각해본다. 오래전부터 내가 메모하는 습관을 들이지 않고 저 쓸모없어 보이는 수첩들을 박스를 채울 정도로 갖고 있지 않았어도 작가로 살아갈 수 있었을까?

수년 전에 국내, 중국 작가 몇 분과 유가협 댐 선착장에서 병령사로 들어가는 모터보트를 탄 적이 있다. 작고 비좁은 배였고 각자 노란 구명조끼를 입은 채 다닥다닥 붙어 앉았다. 배는 크기에 비해 굉장한 속도로 황하를 가르며 협곡으로 달렸다. 맨 뒷자리에 김기택 시인이 앉아 있었는데 수첩에 뭔가 적는 게 보였다. 배에서 내리면서 "선생님 뭘 적고 계셨어요?" 물었더니 "그냥 뭐가 잠깐 떠올라서요"라며 쑥스럽다는 듯 말을 흐렸다. 잠깐 떠오른 그것, 수첩에 남겨진 그 끼적거림은 언제고 한 편의 시가 되겠지.

떠오르고 스쳐 지나가는 단상들을 기록한다. 일종의 채집

떠오르고 스쳐 지나가는 단상들을 기록한다.

일종의 채집처럼.

처럼. 그게 노력의 한 방법이며 그런 습관이 글쓰기를 위한 후천적 재능을 만들어가는 거라고 믿고 있다. 새것이든 다 쓴 것이든 수첩은 많으면 많을수록 좋다. 지금 책상 서랍 속의 옛날 수첩들을 한두 권 넘겨보았더니 이런 문장들이 눈에 띈다.

하루물림이 열흘 간다

희망의 핵심은 그것이 아주 어두운 곳에서 솟아난다는 것

시금치 기르기

맨 앞의 문장은 어떤 나이 지긋한 분께 들었던 속담인데 나도 그 전문가같이 오늘 할 일은 내일로 미루지 말아야지 다짐하면서 썼을 테고 희망에 관한 문장은 존 버거 장편 『킹』에서 읽은 거다. 시금치 기르기 밑에는 낙서가 몇 장 더 이어지는데 결국 알코올의존증인 부녀가 꽃씨인 줄 알고 심었는데 알고 보니 그게 시금치였다는 단편 「파종」의 시작이 되었다. 기억은 믿을 수 없고 필요할 때 제대로 떠올라주지 않는다. 평소와 다른 것을 보고 듣고 느낀다면 우선 수첩을 꺼내 후다닥 메모부터 하고 볼 일이다. 그 파편 같은 언어를 어느 날부터인가 슬금슬금 매만지게 된다. 낱말과 이미지 들이 흩어졌다 모이기를 반복하는 사이, 희미한 형태가 생긴다. 어떤 이야기가 만들어지는 과정은 그렇게도 출발한다.

며칠 전 저녁 모임에 나갔다가 이비인후과 의사와 젊은 목수가 나누는 직업적 대화가 재미있어 수첩을 꺼내들고 메모했다. 옆에 있던 목수가 내 수첩과 그 안에 쏙 들어가는 미니 볼펜을 보더니 "작은 걸 좋아하시나 봐요"라고 하기에 "그렇죠" 했다. 작아 보이지만 언제 어디에 쓰일지 모를, 적어두는 것만으로 휘발하지 않을 단편들로 빼곡한 얇고 큰 것.

『문구의 모험』이란 책에서는 이런 문장이 인상적이었다. "생각하기 위해, 창조하기 위해 우리는 뭔가를 적어두어야 하고 생각을 체계화해야 한다. 그러기 위해서는 문구가 필요하다"라고. 나는 시장도 가고 백화점도 가고 서점도 가지만 어느 도시엘 가나 문방구에 들른다. 아끼고 실용적이기까지 해서 단념할 수 없는 사물들로 가득 찬 장소로. 아시겠지만 갖가지 개인적 애착이 그곳에 있다.

더 나은 글쓰기를 위한 팁 ...... 지우개

저자가 일본 '문구왕'이라고 알려진 『궁극의 문구』라는 책은 개인적으로 내용보다는 목차가 더 흥미롭다. 이 책의 목차는 이를테면 '쓰다' '붙이다' '지우다' '자르다' '엮다' '재다' '정리하다' 등의 동사로 구분되어 있다. 목차에서 짐작할 수 있다시피 연필이나 볼펜 등의 필기도구는 '쓰다'에, 포스트잇이나 풀, 테이프 같은 문구는 '붙이다' 편에 수록돼 있고.

나는 문구를 좋아할 뿐만 아니라 그 사물들이 갖고 있는 특징적인 동사에 관심이 많고 또 주목한다. 연필에는 잡고 쥐고 쓰고 깎다, 부채는 펴고 접고 부치다, 앨범은 넣고 끼우고 보관하다, 라는 동사가 필요하다. 움직임을 나타내는 동사를 갖지 않는 사물은 없지 않을까. 문구용품 중에서 간혹 너무 작아서 눈에 띄지 않거나 쓸수록 크기가 줄어드는 것들이 있다. '지우다'라는 목차에 수록된 지우개 같은.

이번 학기 소설창작 첫 수업에서 학생들에게 '집과 나'라는
제목을 주었다. 즉흥적인 글쓰기에선 대개 그렇듯 학생들은
연필이나 샤프펜슬로 글을 썼는데, 쓴 글보다 연필로 죽죽 지
운 흔적이 더 많은 한 학생의 마지막 문장을 읽고는 웃지 않
을 수 없었다. "지우개를 가져오지 못해서 죄송합니다."

탄성고무가 지우개로 쓰이기 시작한 것은 18세기 후반이었
으며 현재 우리가 쓰고 있는 지우개의 소재는 플라스틱 염화
비닐이라고 한다. 환경호르몬으로 의심되는 물질이 들어 있으
나 고온에서 태우지 않는 이상 발생하지는 않고, 가공이 쉬운
데다 유연성이 좋아서 아직 쓰이고 있다고. 지우개의 첨단 버
전 격인 수정액이나 수정테이프를 발명한 사람은 미국의 한
은행에서 타자기를 쓰던 비서.

이런 다양하고 기능적인 'eraser'들이 활발히 사용되던 때
였다면 위트와 아이러니, 극적인 반전의 귀재 오 헨리의 「마
녀의 빵」은 쓰이지 않았을지도 모르겠다. 작은 빵집을 운영
하는 마사는 늘 싸구려 묵은 빵만 사가는 손님에게 관심이
생긴다. 그가 가난한 예술가며 딱딱한 빵과 물로 끼니를 해결
할 거라고 짐작하니 마음이 더 쓰인다. 그 예술가에게 갓 구
운 빵과 고기를 먹일 수 있다니! 마사는 용기를 내서 손님 몰

래 묵은 빵 사이에 신선한 버터를 듬뿍 넣은 후 종이에 싸서 건넨다. 얼굴을 붉히면서. 오 헨리의 이 단편은 어떤 결말을 향해 갈까?

잠시 후 그 손님이 거칠게 빵집 문을 열고 들어와서는 카운터를 내리치며 마사에게 화를 낸다. 마사의 짐작과 달리 그는 가난한 예술가가 아니라 건축 설계사였다. 공모를 앞두고 석 달 동안 새 시청 건물 설계도를 그려왔고 이제 잉크 작업을 완성해 연필 자국만 지우면 되는 단계. 그동안 연필 선을 지우는 데 썼던 도구가 묵은 빵조각이었는데 거기에 버터가 들어 있었다니, 설계도가 어떻게 되었겠는가.

결말에서 독자를 깜짝 놀라게 하는 '트릭 엔딩 소설'을 말할 때 언급되는 대표적인 단편이다. 아마도 이런 반전 있는 소설을 쓰려면 무엇을 써야 할 것인가가 아니라 무엇을 쓰지 말아야 할 것인가가 더 중요해지지 않을까 싶다. 아니, 무엇을 언제 말할 것인가가 중요하려나. 아무튼 극적 갈등이 없는 소설이라도 플롯, 뼈대는 필요하다고 생각한다. 작든 크든 기대감이라는 측면에서. 읽는 이에게 기대감, 긴장감, 호기심을 주면서 소설을 쓰고 완성하는 데에는 아직도 서툴고 방법도 모른다는 기분이 든다. 그저 개인적으로 의미 있다고 느끼는 이야기에 대해 쓰고 또 지우고 다시 쓸 뿐이다.

은유의 차원에서도 '쓰다' '지우다' 같은 동사는 새삼 그 뜻을 되새겨보고 싶기도 하다. 『주거해부도감』이라는 건축 책을 읽다가 한 채의 집을 짓기 위해서는 원하는 모든 점을 얻고 싶더라도 그것을 위해서 먼저 어떤 것을 '버리지cut 않으면 안 된다'라는 대목에서 무릎을 친 적이 있다. 그것은 글쓰기에서도 마찬가지가 아닐까. 쓰고 싶은 것을 쓰되, 어떤 것을 컷 해야 하는지 알아차리고 그것을 지우는 일.

글씨를 사라지게 하는 특성을 '소자성消字性'이라고 하고 그 특징 때문에 고무지우개는 문지르는 힘으로 종이 섬유를 메운 흑연 입자를 감싸며 가루 형태가 된다. 빈 종이에 지우개는 필요 없듯, 불필요한 글자를 알아차리고 소자시키기 위해선 먼저 쓴 글이 있어야 하겠지.

소설을 쓸 때 처음에는 연필로 쓰고 두 번째는 지우개로 쓴다고 말한 작가가 누구였나?

쓰기 시작했다면 일단 끝까지 쓴다. 그 후 여러 번 지운다. 틀린 글자를 지우고 지나친 기교와 과장을 지우고 진심이 담겨 있지 않은 부분을 지우고. 더 이상 지울 게 남아 있지 않을 때까지. 나는 그것이 글쓰기에 관한 가장 훌륭한 퇴고의 방법이라고 알고 있는데 아닐지도 모른다. 퇴고의 방법도 쓰는 방법늘처럼 저마다 다를 수 있으니까. 내가 쓴 초고의 소실에 관해서라면 장담할 수 있다. 역시 한 번 지우고 두 번 지우고, 최종 교정지에서 한 번 더 지운 원고가 낫다.

글쓰기 책 중에 이 목차를 보고 고개를 끄덕인 적이 있다. '문구점을 급습하라.'

종이와 연필과 지우개. 이거면 된다. 어느 때 글쓰기를 위해선. 물론 항상 그렇다는 건 아니고.

계속 배웁니다

처서 지나자 하루아침에 바람이 달라져버렸다. 길고 뜨거 웠던 여름의 기세가 풀썩 꺾이니 어디선가 가을이 날아와버 린 느낌이다. 단풍과 독서와 사색의 계절이 왔다는 센티멘털 에 빠질 틈도 없이 대학은 내일부터 2학기 개강을 한다. 여름 이 이렇게 한순간에 지나가버릴 줄 알았다면 방학 때 시간을 더 유용하게 보내는 건데. 매년 똑같은 후회를 거듭하며 약간 은 풀이 죽은 채로 9월을 보낼 채비를 한다. 우선은 강의 노 트에 메모를 하고 구두를 닦고 커피를 담아 다니는 두 개의 텀블러를 잘 세척하여 건조시키는 일로 개강 준비를 시작한 다. 새 학기를 앞두고 어떻게 하면 제대로 된 문학 수업을 할 수 있을까, 늘 그렇듯 시원한 대답을 찾지 못한 상태로.

강의 순비를 하나가 책을 좀 읽다가 영화나 한 편 볼까 하는 가벼운 마음으로 〈월터 교수의 마지막 강의〉를 보았다. 아무래도 '마지막 강의'라는 단어에 마음이 끌리기도 했으리라.

강의가 있는 날이면 노교수 월터는 아내가 내려놓은 커피를 텀블러에 담고 한 손에는 가방, 한 손에는 텀블러를 들고 생각에 잠긴 채 학교로 걸어간다. 강의실 책상에는 몇 권의 책과 그 은빛 스테인리스 텀블러가 우아한 사물처럼 놓여 있고 미소를 띤 월터 교수는 학생들에게 묻는다. 사람은 무엇으로 버틸 수 있는가? 윤리, 도덕, 아니면 선? 마지막 강의 시간이다. 월터 교수는 학생들에게 인간으로 산다는 건 무엇이며 또한 어떻게 살아가야 하는가에 관해 이야기 나누고 싶어 한다.

나는 어떤 사람을 기억하거나 이해하기 위한 방법으로 그가 들고 있거나 갖고 다니는 사물을 유심히 볼 때가 많다. 사시사철 에코백을 메고 다니는 사람, 자신이 지금까지 쓴 모든 글을 담은 USB를 주머니에 늘 넣고 다니는 사람, 돌아가신 어머니 외투를 입고 다니는 사람, 복을 불러다 준다는 중국식 붉은 끈 목걸이를 하고 다니는 사람, 언제 어디서든 병맥주 뚜껑을 딸 수 있도록 열쇠고리에 오프너를 매달고 다니는 사람. 더불어 자신이 좋아하는 사이즈와 디자인의 텀블러를 갖고 다니는 사람들이 있다. 물이나 차, 커피, 건강 음료 등 내용물은 다르지만 용기에서부터 각자의 취향과 필요가 엿보인다.

내가 텀블러에 관심을 갖게 된 건 아마도 강의를 다시 시작하면서부터겠지만, 오래전부터 카페에서 한 번만 쓰고 난 일회용 잔을 버릴 때마다 이건 너무 아까운걸 하는 마음이 들었고 지금도 그렇다. 캔이나 병, 플라스틱 컵 같은 길거리 쓰레기의 주범 중 97퍼센트가 카페에서 나온 일회용 커피잔이라는 기사를 읽은 적이 있다. 지하철 입구에 줄줄이 버리고 간 음료수 잔들을 찍은 흉물스러운 사진과 함께.

'손잡이가 없는 큰 컵'이라는 뜻의 텀블러는 일회용 종이컵이나 플라스틱 컵 사용을 줄이기 위해서 나온 상품이다.

만나자마자 신뢰가 생기는 사람이 있는데 박 편집장을 만났을 때도 그랬다. 그녀의 첫인상을 요약하자면 '80년대 패션'이었달까. 우리 세대라면 그 무렵에 입었을 법한 코르덴 나팔바지에 오래 입어서 생긴 보풀이 되레 새 직물 같아 보이는 늘어진 카디건을 입고 있었다. 내가 쿡 웃어버린 건 그 차림이 편안해 보이기도 하고, 뭐랄까 사람과 사람이 처음 만났을 때 생길 법한 아이스 벽을 사르르 녹게 만드는 듯 느껴져서가 아닐까. 단지 차림새 때문이었을지라도 단박에 그녀가 좋아져버렸다. 직장 생활을 하다 삶이 뭘까 싶어져서 가진 돈을 다 들고 가본 적 없던 남미로 떠났다고 했나. 여러 나라를 거쳐 그녀가 정착한 곳은 과테말라의 힌 공동 농장. 같이 수확한

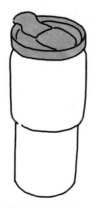

강의실 책상에는 몇 권의 책과
그 은빛 스테인리스 텀블러가
우아한 사물처럼 놓여 있고
미소를 띤 월터 교수는 학생들에게 묻는다.
사람은 무엇으로 버틸 수 있는가?

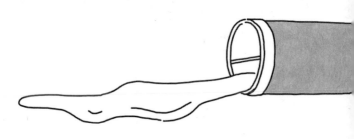

농작물로 투박한 음식을 만들어 먹고 생필품을 교환하면서 몇 년 살았다고 했다. 돈의 가치보다 더 큰 가치를 배우게 된 장소가 거기였다고. 그녀는 텀블러를 갖고 다니는 건 물론 카페에서 어쩔 수 없이 생기게 된 일회용 잔도 꼭 집으로 들고 갔다. 궁금해져서 한번은 "그걸 갖고 가서 뭐 하시게요?" 물었더니 "몇 번 더 쓰다가 망가지면 꽃씨라도 심게요"라고 대답하는 게 아닌가. 나는 고개를 끄덕였다. 오늘도 또 배웠습니다, 라는 기분으로.

마지막 수업에서 월터 교수는 학생들에게 당부한다. 서로가 타인이 되지 말고 서로에게 배운 것들을 모른 척하면서 살지 말자고 말이다. 원제는 '무감각anesthesia'. 그런데 무엇 때문이었을까. 나는 그 제목을 '무관심indifference'이라고 읽어버렸다. 화면에 제목이 나올 때 비평가이자 SF 작가인 데이먼 나이트가 소설의 인물에 관해 한 말을 떠올리고 있었다. 호기심, 반감, 공감 다 좋지만 독자에게 그 인물에 무관심만은 느끼게 하면 안 된다고. 소설에서라면 독자는 책을 덮으면 그만일 거다. 현실에서 같은 페이지 안에서 살아가는 사람에게 무관심을 보인다면 어떤 일이 생길 것인가. 무감각도 무섭지만 무관심은 더 무서운 것 같다. 얼른 제목을 다시 '무감각'으로 고쳐 읽는다. 그린다고 이떤 서늘함이 사라지는 건 아니지만 자신을 이해하는 힘으로 타인을 이해하든 그 반대가 되었든 어느 쪽이든 상관없을지 모른다. 이해하려는 노력만 한다면. 문학이나 영화가 향하는 과녁은 같지 않을까. 우린 서로 타인이 아니란 말입니다. 뭐, 그와 비슷한.

건조시킨 두 개의 텀블러 중에서 첫 수업에 들고 갈 스테인리스 재질의 까만색 뚜껑을 헐겁게 닫아두면서 나는 창작 수업의 올바른 방향을 고민한다. 역시 인간이란 무엇인가? 질문하고 생각하게 해야겠지. 그러면 어떻게? 고민은 다시 시작된다. "문학 수업은 훌륭한 독서를 위한 안내서가 되어야 한다"라는 마르케스의 말이 혹시 정답에 가까운 것일까.

지금 무엇을 하고 있습니까?   ······ 새우깡

12월 첫째 주에 제자들을 만났다. 모두 문예창작과 대학원을 마치고 직장에 다니면서 소설을 쓰고 있는 미래의 작가들. 서로가 읽은 책들, 각자 쓴 소설의 문제점들, 영화 이야기를 나누다 보면 시간 가는 줄도 모르게 된다. 주방 마감한다고 한 시간 전쯤인가 매니저가 확인하고 나갔는데. 얘기하다 보니 술도 모자라고 다시 또 허기가 진다. 얼굴을 익힌 매니저에게 혹시 간단히 먹을 만한 안주를 주문할 수 있느냐고 했더니 "그럼 새우깡 드릴까요?" 하기에 모두 반색했다. 과자를 자주 먹지는 않지만 이럴 때 새우깡만 한 안주가 어디 있나. 다시 건배를 하고 우리는 새우깡을 기다렸다. 내가 이런 이야기를 꺼내면서.

며칠 전에 소포를 하나 받았다. 얼마 전에 처음 만난 한 출판사 편집장이 있는데 그날 잊어버리고 온 2차 저작권 계약서를 우편으로 부치겠다고 했다. 그런데 그 서류만 들었다고 보기엔 조금 부피가 큰 상자였고 부피에 비해서는 또 가벼웠다. 뭐지? 상자를 흔들어보다가 커터 칼로 조심히 윗부분을 개봉했다.

"뭐가 들어 있었는데요?"

제자들이 물었다.

"물론 계약서가 있었고."

"또요?"

"과자 두 봉지."

"네?"

나는 씩 웃고 이렇게 말했다.

"새우깡하고 훈제 불고기 맛이 난다는 감자칩."

그 편집장을 만난 날, 새 책 계약을 하고 저녁까지 먹게 됐다. 우리 동네 맛집이자 밥과 미역국이 나오는 생선조림 전문 식당으로 갔다. 사실 처음 만난 사람과 밥을 먹는 시간이 나로서는 편치도 않고 피하고 싶은 일이긴 하지만 그녀가 파주에서 온 데다 편집장이 아닌가. 잘 설명할 수는 없지만 나는 누군가 우리 동네에 오면 '밥'을 먹여 보내야 한다는 이상한 고정관념 같은 걸 갖고 있다. 내가 아는 편집장이나 편집자들이 제때 밥을 챙겨 먹기보다는 교정지를 보고 책 만드는 일에 빠져 대개 끼니를 놓치거나 빵이나 샌드위치 등으로 때우는 경우가 많아서인가. 나는 저녁에 밥과 국을 챙겨 먹는 사람은 아니지만 책을 만드는 사람들은 꼭 갓 지은 밥과 국이 나오는 식당으로 데려가고 싶어진다. 그리고 대개는 그 밥과 국과 나물, 집에서 해먹기 어려운 반찬들에 같이 감탄하면서 먹기도 하고.

갈치조림 2인분을 시키고 그녀와 마주 앉았다. 이대로 헤어진다면 책을 함께 만들어도 어쩐지 더는 가까워지지 않으리라는 짐작을 나는 하고 있었는지도 모른다. 그녀가 "저는 사실 밥은 거의 안 먹고 1일 1과자 하거든요"라고 불쑥 말하기 전까진.

"1일 1과자요?"

"어머, 그런 것도 모르세요?"

그녀의 눈이 초롱초롱해졌다.

"글쎄요, 저는 말하자면 1일 1캔 하는 사람이라서요."

나는 슬그머니 맥주병을 내 쪽으로 끌어당겼다. 그러고 그녀의 긴 이야기에 귀 기울였다…… 와, 그녀는 지금까지 내가 만난 사람 중 최고의 '과자왕'처럼 보였다. 과자에 대한 상식, 꿰뚫고 있는 종류를, 이럴 땐 이런 과자를 먹으면 된다는 조언에서부터 과자를 사랑하는 마음까지 모두. 매일 아침 눈 뜨자마자 먹는 게 초코파이라고 했나 전날 먹다 남긴 과자라고 했나. 그런 말을 하는 그녀 얼굴에 정말 생기가 돌고 표정이 환해졌다. 처음 만나 어색하게 인사를 나누고 사무적으로 계약서를 쓸 때와는 완전히 다른 그 얼굴을 보는데, 진짜 오늘 내가 과자의 여왕을 만난 거야! 확신하지 않을 수 없었다. 아무리 힘든 일이 있어도 하루를 마칠 때는 맥주도 없이 과자 한 봉지를 먹으면서 마음을 달랜다고 한다. 내가 하루를 마치고 나서 홀가분하게 차가운 캔맥주 플립을 따는 기분과 같은 걸까.

"그런데요."

그녀 표정이 조금 시무룩해졌다.

"왜요?"

"같이 사는 친구가 과자 먹는 걸 싫어해요."

그 말에도 왜 웃음부터 나버렸는지. 지하철역에서 그녀와 헤어지는데 처음 만난 세 시간 전보다 훨씬 친밀해졌다는 느낌이 들었다. 그녀가 들려준 이야기, '1일 1과자'의 힘 때문이겠지. 예전에는 별로 생각해본 적이 없는데 시대가 시대니만큼 소규모 출판사를 운영하고 책을 만들고 원고를 읽어주는 편집자들이 소중하게 느껴진다. 책을 쓰는 일처럼 책을 좋아하지 않으면 불가능한 직업일 테니까.

한 심리학자 책에서 읽은 글이 떠오른다. 어떤 이가 벽돌을 쌓고 있는 세 사람에게 "지금 무엇을 하고 있습니까?"라고 물었다고 한다. 첫 번째 사람은 벽돌을 쌓고 있다고 대답했고 두 번째 사람은 교회를 짓고 있는 중이라고 했고 세 번째 사람은 하느님의 성전을 만들고 있다고 말했다. 지은이가 하고 싶은 말은 세 사람 모두 벽돌을 쌓고 있지만 그것을 대하는 마음의 차이였다. 벽돌을 쌓고 있다고 대답한 첫 번째 사람의 말은 생업job, 두 번째 사람은 직업career, 세 번째 사람은 천직calling을 갖고 있는 거라지.

책을 쓰고 만드는 일을 천직으로 삼기가 점점 어려워지는 시대이긴 하지만 아직도 그런 사람들이 주위에 있다는 사실만으로도 기운이 난다. 생업, 직업, 천직. 좋아하는 일로 그 모두를 갖게 되는 삶은 어떤가. 예전에 작가가 되고 싶다는 꿈을 갖기 이전에, 나는 내가 무엇을 하고 싶은지 전혀 알지 못했고 찾지도 못한 상태였지만 그때도 한 가지만은 알고 있었다. 무엇을 하고 싶어 하지 않는지, 어떤 사람이 되고 싶지 않은지에 대해서만은.

책을 쓸 수 있고 책을 내주겠다는 출판사가 있고 책을 만드는 이들과 가깝게 지낼 수 있고, 또 책을 쓰고 싶어 하는 젊은이들과 이렇게 늦은 밤 술을 마실 수 있는 삶이 내게 올 거라고는 짐작해보지 못했다. '지금 무엇을 하고 있습니까?'라고 누군가 묻는다면 어떤 대답을 할 수 있을까. 자, 후회가 남지 않도록 나는 제자들과 내 빈 잔에 다시 술을 가득 채운다.

매니저가 우리가 있는 룸의 문을 밀고 들어온다. 새우깡 왔나 보다! 우리는 일제히 매니저를 본다. "맛있게 드십시오." 매니저가 테이블에 접시 하나를 놓고 나간다.

"아, 이것도 새우깡이라고 하는구나."

모두 고개를 끄덕였다. 잔새우를 기름에 가볍게 튀겨낸 안주. 이자카야의 새우깡이라는 단어는 이 안주를 말하는 모양이다. 우리가 기대했던 새우깡 과자는 아니었지만 어쨌거나 부지런히 그 새우깡 안주를 집어먹기 시작했다. 짭짤하고 고소하고 따뜻하기까지 하다. 그러자니 술도 더 주문해야 했고.

사과란 무엇인가

조각가 자코메티라면 인물이나 대상을 가늘고 길게 표현한 예술가라고 떠올릴 것이다. 나 역시 마찬가지였고 문장 쓰기에 관해서라면 그의 조각처럼 불필요한 수식과 군더더기 없이 쓰고 싶었다. 작고한 소설가 한 분이 언젠가 사석에서 소설에서의 문장은 목수가 나무를 매만지듯 그렇게 대패같이 다듬어 써야 하는 거라고 조언해주었을 때 나는 자동적으로 자코메티의 가늘고 긴, 뼈대만 남긴 듯한 조각을 떠올렸다.

개관 10주년 기념으로 열리는 알베르토 자코메티 전시를 보러 요즘 머물고 있는 도시의 국립신미술관에 갔다. 그의 대표적인 조각 작품을 한자리에 모았다는 광고는 과장이 아닌 듯 조각, 유화, 소묘, 판화 등이 총 열여섯 개 섹션에서 전시돼 있었다. 그중 자코메티의 대표작인 대형 소장품 〈걷는 남자〉

를 볼 수 있는 공간에 관람객들이 가장 많았다. 작은 머리에 거대한 발을 가진, 높이 183센티미터짜리의 막 한 걸음 앞으로 내디디려는 조각 앞에 서 있으려니 "현실의 인간상과 가장 가까운 것을 만들려고 한 결과 가늘고 긴 작품으로 제작되었다"라는 자코메티의 말을 충분히 이해하고도 남을 것 같았다. 그러나 내 마음을 뒤흔들어버린 작품은 따로 있었다.

좋아하는 시 중에 이렇게 시작하는 작품이 있다.

여기 사과가 놓여 있었고
여기 책상이 있었다
이것은 집이었고 이것은 도시였다
여기 육지가 잠들어 있다

한스 마그누스 엔첸스베르거의 「사과에 대한 만가」. 이 시에서 대체 사과란 무엇인가? 생각을 하지 않을 수 없었다. 처음 간 뉴욕의 현대미술관에서 세잔의 사과 그림을 봤을 때, 한동안 움직일 수 없었던 순간에도 그랬다. 내 눈에 그것은 사과가 아니었고 사과 이상의 표상처럼 느껴졌다. 그러니까 삶이라든가 사람, 인생, 뭐 이런 추상적이고 말하기 힘든 것을 정물로 표현해놓은 듯해 보였다고 할까. 그래서 다시 생각에

사과란 무엇인가,
만든다는 것은 무엇인가,
산다는 것은 무엇인가……

잠겼다. 사과란 무엇인가, 하고.

그날 신미술관에서 내 마음에 뚜벅뚜벅 걸어 들어온 자코메티의 작품은 사과에 관한 두 점의 그림이었다. 세잔의 영향을 받아서 그린 〈사과가 있는 정물〉과 그 그림을 그리기 8년 전에 그린 〈사과 습작Study of Apples〉. 조각같이 군더더기 없고 정지해 있으되 움직임, 생동감을 갖고 있는 사과들. 〈사과 습작〉은 사과 한 알을 그리기 위해서 이런저런 시도를 해본, 그 야말로 습작의 과정을 그림 한 장에 보여주었다. 구도라든가 완성도보다는 작가가 '사과'를 어떻게 보고 이해하고 창조하려고 한 것인가, 하는 과정을.

개인적으로 나는 습작, 연습, 스터디 같은 말들을 좋아하고 자신이 욕망을 갖고 있는 어떤 분야에서라면 끊임없이 습작하고 연습해야 한다고 믿고 있다. 20세기를 대표하는 조각가 자코메티의 작은 사과 습작 그림 앞에서 예의 그 생각할 거리를 마주친 듯했다. 사과란 무엇인가, 만든다는 것은 무엇인가, 산다는 것은 무엇인가…… 생각은 깊어진다. '나는 왜 쓰는가'에서 '나는 내가 쓰고 있는 것을 왜 쓰는가Why I write What I write'라는 더 깊은 질문으로 신중히 걸어 들어가야 했던 시간처럼.

노년에 자코메티는 "매 순간 사람들은 모였다가 헤어지며,

또다시 만나기 위해 서로를 향해 다가온다"라는 말을 남겼다. 그것이 '사과'여서일까. 몇 알의 사과를 봤는데 그 이상의 무엇을 보고 온 것만 같은 기분이 드는 건. 문화 역사적으로 어쨌든 사과는 예외적인 과일 아닐까.

머리카락 조심 ‧‧‧‧‧‧ 샤워캡

'버클리시티클럽Berkeley City Club'에서 사박오일 머물 기회가 생겼다. 버클리는 이번에 세 번째 방문인데 리틀 캐슬이라는 애칭을 가진 그 호텔에 투숙해보기는 처음이었다. 그간 몇 번인가 그 도시의 랜드마크 중 하나인 버클리시티클럽 앞을 지날 때마다 줄리아 모건이라는 버클리 출신이자 최초의 여성 건축가가 설계, 1930년에 오픈했다는 그 건물에 한번 들어가봤으면 했다가 이번에 그 기회를 갖게 된 것이다. 버클리시티클럽이 유명한 이유는 건축가를 제외하고도 활발하게 운영되고 있다는 여성 북클럽과 2층의 '줄리아'라는 식당 그리고 수영장 때문이다.

수영장은 호텔 1층 오른쪽 끝에 있고 아침 5시부터 저녁 10시까지 사용할 수 있다. 어쩌면 나는 매일 저녁 그 수영장에 가서 수영을 하고 2층 식당 줄리아에 가서 우아하게 저녁을 먹고 611호에서 휴식을 취할 수도 있었을 텐데.

그곳은 듀런트 거리였다. 밑으로 내려가면 바로 버클리 다운타운이 시작되고 윗길로 올라가면 히피의 본고장인 텔레그래프 거리로 연결되는. 문학 행사가 있던 날만 제외하고 그 거리들을 걸어 다니면서 학생들, 사람들을 구경하고 선 채로 조각 피자를 사 먹고 다시 걷고, 또 아는 사람의 차를 얻어 타고 옆 동네를 갔다 오면 밤이었다. 호텔 식당에도 수영장에도 가볼 시간이 없었다. 게다가 나는 수영을 못하는 사람이 아닌가 말이다.

수영장.

어디선가 수영장이라는 단어를 듣기만 하면 미란다 줄라이의 단편 「수영 팀」이 떠오른다. 기숙사 하면 오가와 요코의 기묘하고 아름다운 단편 「기숙사」가 떠오르는 것처럼. 「기숙사」와 달리 「수영 팀」은 언제 떠올려도 피식 웃게 된다. 미란다 줄라이가 만든 영화들을 보고 나올 때처럼.

사랑에도 실패하고 부모에게 손을 벌릴 수도 없는 한 젊은 여성이 벨베디어라는 동네로 이사를 간다. 동네 가게에 갔다가 이 동네는 강도 없고 호수도 없고 수영장도 없어 불편하다는 세 노인의 대화를 듣는다. 그중 한 노인은 수영을 할 줄 몰라서 물에 빠지면 익사할 거라는 걱정에 빠져 있고. 대화를 듣던 내가 슬쩍 끼어든다. "제가 수영 가르쳐드릴까요." 아, 그런데 문제는 그 동네에 수영장이 없다는 거다. 그래도 나는 자신 있게 말한다. "수영장이 없어도 상관없어요." 나는 수강생들이 오기 전에 미지근한 소금물을 그릇 세 개에 나눠 담는다. 수강생들에게 그릇에 얼굴을 담그고 물속에서 숨 쉬는 법을 가르친다. 그렇다면 접영은? 각자 킥보드를 배에 대고 부엌 바닥을 가로지르는 방법으로.(바로 이 지점이 미란다 줄라이의 장점이겠지.) 동네 노인들은 즐거워하고 나를 굉장한 수영 강사로 여긴다. 나는 정말 멋진 수영 팀의 코치가 됐다고 느낀다. 어느 외로운 밤, 나는 가장 그리운 사람을 떠올린다. 이제는 모두 세상을 떠난 그 멋진 세 명의 수영 팀을.

가벼우면서도 매력적이고, 웃음도 나지만 가슴 아픈 이야기를 속도감 있게 써내는 전방위 아티스트 미란다 줄라이. 〈미 앤 유 앤 에브리원〉을 처음 본 날부터 나는 그녀의 팬이 되고 말았다.

수영은 못하지만 그래도 수영장엔 가보고 싶었다. 샌프란시스코 총영사관 주최로 한국문학 행사가 열리던 화요일 오후였다. 반짝거리는 작고 빨간 사과가 한 바구니 놓인 1층 로비에 우두커니 앉아 있다가 일어났다. 호텔 접수원에게 들은 게 맞다면 수영을 하지 않는 사람들도 수영장 구경은 할 수 있다. 뷰잉 발코니가 있다고 했으니까. 1층 오른쪽 끝으로 가자 굳게 닫힌 출입문이 보였다. 2017년 9월 마지막 주의 패스워드는 1872.

정원이 보이는 수영장 정면과 한쪽 측면 창으로 오후의 햇살이 쏟아져 들어왔다. 사람들 서너 명이 천천히 물살을 가르고 있었다. 수영장이라고는 믿기 어려울 만큼 고요했다. 돔 형식 천장과 물의 에메랄드 빛깔, 물속에서 느릿느릿 움직이는 노인들을 나는 보았다. 이렇게 작고 조용하고 환한 수영장을 다시 보게 될 수 있을까. 그런 생각을 하고 있었는지도 모른다. 수영을 할 줄 알았다면 좋았을 거라는 아쉬움보다는 정원의 나무들이 보이고 햇살이 폭죽처럼 쏟아져 들어오는 실내 수영장에서 옷을 입은 채로 앉아 있는 그 순간이 특별한 경험이라고 믿었을지도. 그때 호텔 주변 버클리 일대는 트럼프 지지자들과 그들의 연설을 반대하는 집회가 열리고 헬기가 뜨고 총으로 완전 무장한 경찰 수백 명이 에워싸고 있는 중이었다. 시위가 격렬해지면 행사가 취소될지도 모른다고 했는데, 이런 외중에 청중들이 오긴 올까, 문학에 대해서 무슨 말을 해야 할까. 나는 불안과 걱정을 슬그머니 수영장 바닥에 내려 놓았다. 때때로 시간은 한 장의 사진과 같다는 생각을 그때 했었나. 지금 내가 보고 느끼는 장면, 밖으로 열린 좁은 수영 장의 고요함. 이 시간을 나는 확대할 수 있고 포착할 수도, 그 속으로 빠져들 수도 있을 거라고.

어떤 문장들이 내 속에서 물방울처럼 튀어 오르는 것 같았 다. 나는 자리에서 일어났고, 수영장을 나왔다.

그다음 날 집으로 돌아가기 위해 짐을 꾸렸다. 사박오일, 잘 챙겨두었던 네 개의 샤워캡도.

엄마를 설득하는 일이 쉽지는 않았다. 그러나 언제까지 11월이 되면 김장 걱정에, 무 배추 대파 쪽파 알타리 갓을 사 오느라 지치고 힘들어하는 엄마 모습을 지켜볼 수는 없었다. 직장에 다니는 다른 가족들은 저녁이나 돼야 그나마 거드는 시늉이라도 할 수 있고. 엄마가 혼자 담글 수 있는 알타리김 치 파김치는 제외하고 포기김치 김장은 올해 마지막이라고 나는 냉정하게 못을 박았다. 김장 전날은 제부까지 와서 무채 를 썰었고 다음 날 토요일에는 막내 동생이 배추 속을 넣으 러 건너왔다. 방에서 들으니 부모는 새벽 4시쯤부터 일어나서 김장 준비를 하는 듯했다. 더 자려고 해봐야 소용없었다. 거의 작업복 수준으로 옷을 챙겨 입고 아래층으로 내려갔다. 서랍에서 재생 종이에 포장된 샤워캡들을 꺼냈다. 김치에 머리카락이 들어가지 않도록 엄마의 귀밑머리를 뒤로 넘겨서 샤워캡을 단단히 씌워드렸다. 매해 그래왔는데도 올해는 기분이 이상하다고밖에 말할 수 없었다. 다섯 가족이 겨울에 나눠 먹을 김장을 한평생 겨울 잔치이자 큰일이자 자신의 소명으로 알아온 엄마에게는 이것이 마지막일 테니까.

동생도 샤워캡을 쓰게 하고 나도 하나 썼다. 엄마의 진두지휘 아래 아버지는 허드렛일을, 동생과 나는 신문지를 펼쳐놓은 거실 바닥에 앉아 태양초 물이 빨갛고 싱싱하게 든 속을 노란 배추에 넣기 시작했다. 포기 수도 왜 이렇게 많고 간도 짠 거냐고 나는 이번만큼은 투덜거리지 않았다. 속을 다 넣어갈 즈음 부엌 쪽에서 편육 삶는 냄새, 동탯국 냄새가 났다. 그리고 식탁에 숟가락 올려놓는 소리.

"밥 먹자!"

엄마가 말했다. 동생과 나는 손을 씻고 샤워캡을 벗고 식탁에 앉았다. 김장 날 점심 만찬을 준비하는 엄마는 아직도 머리에 버클리시티클럽 샤워캡을 쓰고 있었고 붉게 달아오른 얼굴과 달리 그 안은 습기가 차서 새하얗고 축축해 보였다.

내가 샤워캡을 사용하는 또 다른 경우는 빵을 구울 때다.

발효를 시킬 때 반죽을 넣은 둥근 스테인리스 볼을 샤워캡으로 씌운다. 공기가 통하도록 젓가락으로 구멍 세 개쯤 뚫어서.

본질적이고 필수적인 ······ 소독용 에탄올

'왜 쓰는가'에 관한 문제라면 조지 오웰의 『나는 왜 쓰는가』라는 글이 가장 널리 알려져 있는 것 같다. 산문집 『고통에 반대하며』를 읽다가 프리모 레비가 그 문제에 대해 쓴 글을 보게 되었다. 그는 왜 쓰는지 이유를 아홉 가지로 정리해놓았다. 첫 번째는 사심이 없는 충동이나 욕구를 느끼기 위해서이며 두 번째는 자신과 다른 사람을 즐겁게 하기 위해서, 누군가에게 무언가를 가르치기 위해서, 보다 나은 세상을 만들기 위해서, 주로 철학자들이 그러하듯 자기 생각을 세상에 알리기 위해서, 고뇌에서 해방되기 위해서, 유명해지기 위해서, 부자가 되기 위해서, 마지막은 습관에 의해서 쓴다고.

그 글을 읽은 후 나는 그 아홉 가지 이유에 덧붙이고 싶은, 열 번째 개인적 이유에 대해서 생각에 잠기고는 한다. 어떤 게 더 있을 것만 같은데 그게 무엇일까 하고. 어쩌면 알아도 말하지 못할 그 이유에 대해서.

중학교 때는 수업이 끝나면 버스를 타고 영등포로 나갔다. 나는 줄곧 태어난 데서 자라왔고 지역구를 거의 떠나본 적이 없었는데도 영등포만은 예외였다. 그때 부모는 영등포 쪽에서 내가 이해할 수 없는 생계가 달린 일을 하고 있던 것 같은데, 가끔 나와 동생들을 데리고 그곳에 갔다. 부모가 누군가를 만나러 허름한 건물의 사무실로 올라가면 나는 동생들을 데리고 시간을 보내야 했다. 시장에서라면 그건 큰 문제가 아니었고 우리끼리 끼니를 해결하는 일도 그랬다. 그때 골목을 누비다가 우리 동네에는 없던 헌책방들을 눈여겨봤다. 중학생이 되자 오후 시간이 비교적 자유로워졌고 버스를 타고 혼자 지역구를 벗어날 줄도 알게 되었다.

영등포 시장 근처에 내려서 길을 건너 골목으로 들어가면 헌책방이 시작되었다. 그때는 문학이 뭔지 몰랐지만 책이라는 네모난 종이로 만들어진 사물이 좋았고, 우리 반 반장이자 모범생 짝꿍이 시험만 끝나면 몰아서 읽곤 하던 하이틴 로맨스들을 봐야 하는 줄 알았다. 재미가 있었다면 그쪽으로 푹 빠졌을 텐데. 이런 책 저런 책 사이에서 갈팡질팡하던 독서 경험의 시절이었다.

광화문에는 공씨책방이 있어서 고등학교 3년을 그런대로 견딜 수 있었다. 새 책을 산다는 생각은 하지 못했다. 책을 많이 사는 데다가 얼마 되지 않는 용돈은 친구들과 있는 자리에선 꼭 필요했으니까. 다행이 헌책은 값이 쌌다. 공씨책방에는 나름대로 단골 손님이어서 수염이 긴 사장님 기분에 따라 할인도 자주 받았다. 공짜로 받아 온 책도 많다.

소독용 에탄올을 일찌감치부터 상비해두게 되었다. 헌책의 먼지와 손때를 닦아내는 데 그만한 게 없다는 걸 어떻게 알았을까. 일단 책을 사오면 현관 밖에서 책을 푸르르 넘겨가며 먼지를 털어낸다. 그러곤 휴지나 톡톡한 키친타월에 에탄올을 적셔 안쪽 표지까지 꼼꼼하게 닦아낸다. 그런다고 책벌레, 먼지다듬이를 없앨 수 있는 것도 아닌데. 그 의식은 무척 중요하게 느껴졌고 책을 소독약으로 닦고 있자면 새것이, 드디어 온전한 내 소유가 된다는 작은 흥분을 느낄 수도 있었다. 읽고 싶은 깨끗한 책이 손에 있고, 그것이 몇 권씩이나 쌓여 있다는 건 큰 선물 같았다. 어서 이불 속에 들어가 책을 펼쳐 들고만 싶어진다. 기꺼이 하고 싶은 그 일 때문에 그날 밤, 또 내일 밤을 보냈다. 지금 생각해도 어떻게 견뎠을까 아찔하기만 한 학창 시절을 그런 식으로 하루하루. 일상이 더 설박해질 부렵, 나는 비로소 문학에 눈뜨기 시작했는지 모른다. 양쪽 팔이 아플 정도로 문학책을 사들고 온 날에는 에탄올 냄새 때문에 희미한 어지럼증을 느끼곤 했다. 그 소독약 냄새를 어떻게 표현하면 좋을까 싶어서 지금 쓰고 있는 에탄올병을 보니 이런 문장이 쓰여 있다.

성상: 이 약은 무색의 맑은 액이며 특이한 냄새와 쏘는 듯한 맛이 있다.

증언 문학의 대표 작가 프리모 레비의 『주기율표』는 수소, 아연, 철, 수은, 질소 같은 주기율표상의 원소로 장을 나누어 쓴 회고록 성격을 지닌 책이다. 자전적 소설의 구성 방식도 흥미로운 데다 화학자이기도 한 작가가 반파시즘과 과학적 합리주의의 질서와 아름다움을 주기율표에 나타난 각각의 원소들로부터 풀어내는 자연스러운 이야기가 아프고 뜨겁다. 그의 말대로 "주기율표는 한 편의 고귀한 시"가 되는 과정을 독자는 목격하게 된다. 솔 벨로의 찬사처럼 『주기율표』에는 "과도한 겉치레는 하나도 없으며 모든 요소는 본질적이고 필수적인 것"들로 가득하다.

주기注記: 사물을 기록하는 일.

인생을 사물로 기록하는 표를 만든다면 어떤 목록을 추가할 수 있을까. 그야말로 개인적 주기표.

지금도 일주일에 한두 번 정도는 인터넷 헌책방을 이용한다. 책을 꽤 갖고 있지만 그 가치를 모르고 예전에 버렸거나 어디에 꽂아두었는지 찾을 수 없는 경우도 있고 중요한 선집이나 세트에서 빠져 있는 책들도 있으니까. 헌책이든 새 책이오든 거의 날마다 식탁에는 그날 배달된 책들이 놓여 있다. 이제는 버릇이 돼버려 새 책 표지도 에탄올로 가볍게 슥 닦아낸다. 800원짜리 250밀리 에탄올병은 매일 복용하는 비타민, 루테인 약통 사이에 늘 식탁에 있다. 특이한 냄새를 풍기는 에탄올이 아직 읽지 못한 책 표지를 소독한 후 임무를 마쳤다는 듯 재빨리 휘발되는 걸 본다. 이제 그 책을 들고 침대로 갈 준비가 되었다.

책의 성상性狀, 책의 상태와 성질은 본질적이고 필수적인 것과 관련돼 보인다. 프리모 레비의 책을 읽으면 더 그렇게 느끼지 않을 수 없다. 왜 쓰는가의 아홉 번째 이유에서 그는 사람은 자신이 하는 일에 주의를 기울여야 한다고 강조했다. 어느 순간 글쓰기의 사명이나 추진력을 잃어버려서는 안 되니까. 프리모 레비는 이런 문장으로 글을 맺었다.

침묵이 더 품위 있다. 일시적이든 영속적이든 간에.

수용소에서 살아 돌아온 작가, 화학과 글쓰기가 자신의 인생에서 본질적인 중요성을 지녔다고 말한 프리모 레비는 그 글이 수록된 『고통에 반대하며』를 출간한 2년 후 자살로 생을 마감했다.

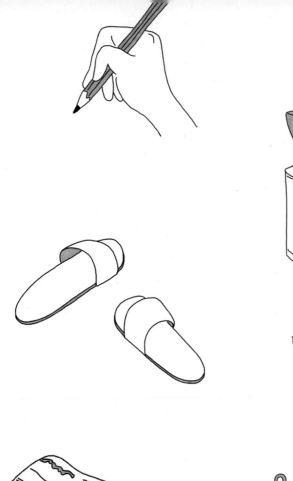

타오르는
생각

시작의 사물

　새 학기는 연필을 깎는 것으로 시작했다. 형편이 어려웠던 시절이었을 텐데도 아버지는 연필이나 공책 같은 학용품만큼은 넉넉하게 사다주었다. 1970년대 후반이니까 아마도 낙타표 문화연필이나 동아연필이었을 텐데, 나한테 생의 첫 번째 연필은 사막에서 건설 일을 하던 아버지가 집에 돌아왔을 때 귀에 꽂고 있던 심이 사각형인 빨간 연필처럼 느껴진다. 커서야 그것이 목수들이 작업할 때 쓰는 연필이라는 사실을 알았고 지금도 그것을 각종 연필들로 빽빽한 통에 간직하고 있다.

　나는 커터 칼로 연필을 아주 잘 깎는 맏딸과 언니로 성장해갔다. 그러나 무엇이 잘못되었는지는 몰라도 스무 살이 되었을 때 방에 혼자 남겨졌다. 그 후 5년 동안. 친구들과 동생들은 대학에 가고 취직을 하면서 모두 눈부신 나비들로 변해 먼 데로 날아가고 있는 듯 보였다. 방문 밖의 모든 것과 담을 쌓아가면서 먹고 마시고 책 읽는 데만 몰두해 있다가 고개를 들어보니 책상에 연필 한 자루가 놓여 있었다. 지금까지 본 연필들 중 가장 뾰족하고 검고 긴 심을 갖고 있는 연필 같았다. 그때의 내 무기력과 소외감을 푹 찔러 터뜨리고도 남을 만큼.

그날 밤에 그 연필을 손에 쥐고 처음으로 시를 써내려갔다. 『찰리와 초콜릿 공장』으로 잘 알려진 로알드 달은 하루에 연필 여섯 자루를 썼으며 존 스타인벡은 여섯 시간씩은 손에 연필을 쥐고 있었다고 한다. 초고는 무조건 연필로 쓴다고 말한 작가는 토니 모리슨이었던가. 내가 읽은 연필에 관한 가장 멋진 이야기는 폴 오스터의 것이다. 그가 여덟 살 때 좋아하는 야구 선수의 사인을 받기 위해서 경기가 끝난 후 그를 만났지만 사인을 받지 못했다. 누구의 주머니 속에도 연필 한 자루가 없었기 때문이다. 그날 이후 폴 오스터는 어딜 가든 연필을 꼭 갖고 다녔다. 훗날 대작가가 된 그는 "연필을 주머니에 넣고 있으면 쓰고 싶다는 충동에 시달리게 될 것"이라고, 자신은 그 덕분에 작가가 될 수 있었다고 고백했다.

몇 년 전부터 내가 몇 다스씩 사놓고 쓰는 연필에는 이런 두 가지 글귀가 한자로 새겨져 있다. '매일매일의 노력' '한 길

그날 밤에 그 연필을 손에 쥐고
처음으로 시를 써내려갔다.

음 한 걸음 전진'. 마음이 어지러운 날에는 그 수십 자루의 연필을 한 자루씩 연필깎이에 넣고 천천히 돌려 깎고는 한다. 그러곤 가만히 책상 앞에 앉아서 잘 다듬어진 연필들을 본다. 때로는 뭔가 쓰지 않아도 연필을 손에 쥐고 있는 것만으로도 안정되는 느낌이 들기도 한다. 원할 때마다 스스로 움직여서 손에 쥘 수 있는 것, 그렇게 많은 게 아닐지도 모른다.

연필을 갖고 한 일 중에 돌아보니 후회스러운 장면도 떠오른다. 초등학교 때 마음에 안 드는 남학생이 짝이 되면 가차 없이 연필로 책상 한가운데 금을 쭉 긋고 퉁명스럽게 말했다.

"이 선 넘어오지 마."

오랫동안 연필을 쥐고 있다가 난 결국 쓰는 사람이 되었다. 사람과 사람, 이곳과 저곳 사이, 보이지 않는 많은 선들을 지워가는 그런 글을 언젠가는 쓸 수 있겠지 느긋하게 생각한다. 꿈을 연필로 써나가는 일을 포기하지만 않는다면.

잘 말린 수건 한 장 ······ 수건

올여름 휴가 때 석 주 동안 머물렀던 집의 욕실은 보통 아파트나 맨션과 엇비슷한 구조여서 창문이 없는 데다 몹시 좁은 편이었다. 집주인은 욕실에 곰팡이가 필까 봐 매일 밤 청소하고 선풍기를 틀어 실내를 말리고 세탁물, 그중에서도 수건에서 퀴퀴한 냄새가 나지 않게 신경을 쓴다. 긴자 미쓰코시 백화점에 갔다가 가격도 괜찮고 품질도 좋아 보이는 수건이 눈에 띄기에 몇 장 사서 선물했다. 그 집 부부가 주고받는 말을 대충 들으니 우리 식의 송월타월쯤 되는 모양이었다. 아침이면 그 부부가 수건을 베란다에 널기 전에 먼저 탁탁 터는, 생활의 튼튼한 소리를 잠결에 들을 때가 있었다.

다시 집으로 돌아왔더니 지난봄부터 집을 허물고 원룸을 짓기 시작한 앞집에는 아직 가림막이 쳐 있고 우리 집 바로 뒷집은 이사를 갔다고 한다. 오래 살던 골목의 이웃들이 떠나고 그 자리에는 원룸들이 들어서는 중이다. 만약 뒷집도 공사를 한다면 우리 집 옥상마저 가려질지 모른다. 집을 옮길 형편도 못 되고 마음도 없는 모친은 "우리 집이 빨래 말리기가 얼마나 좋은데"라고 종종 말한다. 마치 우리 집의 가장 큰 장점이 옥상인 것처럼.

놀러 온 조카들이 그날 저녁 수건으로 얼굴을 닦다 말고 감탄하듯 "아, 햇볕 냄새!" 했다. 아파트에 사는 동생네는 세탁물을 거실 창가에서 말린다. 조카들을 재우고 나니 다시 장맛비가 쏟아진다. 욕실에는 내일 치의 빨래가 쌓였고 바닥 타일에는 곰팡이가 피었다. 비 오는 날 실내에서 말려서인지 수납장의 수건에서도 냄새가 나는 게 있다. 팔을 걷어붙이고 천장까지 핀 욕실 곰팡이를 솔로 문지르고 커다란 통에 수건들을 팔팔 삶는다. '지하 봉천동'이라는 부제가 붙은 차창룡 시인의 곰팡이에 관한 시가 있다.

나도 몰래 벗이 된 이 있다네
소리없이 소리없이 찾아온 꽃이라네
향기 없는 향기 없는 냄새나는 꽃이라네
툭 털면 우수수 흘어실 것 같은

그러나 쉬 지워지지 않는 별자리라네.

예전에 읽은 책 중에 일상의 즐거움을 다룬 것이 있었다. 지금도 기억나는 것은 '쓸데없는 일을 하는 쾌락'과 '평범함의 쾌락'. 평범함의 쾌락에 관해서라면 이런 예를 들어도 될까. 하루 일을 마치고 마시는 차가운 맥주나 햇볕에 뽀송뽀송하게 말린 수건을 쓰는 즐거움. 폭우와 폭염, 습도를 견뎌내야 하는 여름은 특히 사소하고 평범해 보이는 데서 즐거움을 찾으며 나는 게 좋은 계절이 아닐까 싶다. 한밤중에 "쉬 지워지지 않는 별자리" 같은 욕실 곰팡이를 닦고 삶은 수건을 꼭 짜서 넌다. 요즘 같은 때는 잘 말린 수건 한 장만 있어도 하루의 시작이 괜찮다는 마음까지 든다. 어디에 살든 햇빛 좋은 날엔 수건을 탁탁 털어서 널 수 있는 곳에서 살고 싶다. 그렇다면 아직까지는 다행인 거겠지.

잘 쓰던 수건은 면사가 너무 낡으면 반을 잘라 얼마간 걸레로 사용하다 버린다. 우리 집에서는 걸레를 욕실 걸이에 걸어놓고 말려 쓰는데 이런 문장이 적힌 수건, 아니 걸레를 볼 때마다 공연히 생각이 많아지곤 했다. '우리 가족은 서로 사랑합니다.' 언젠가 한 월간 잡지에서 사은품으로 보내준 하늘색 수건이었다.

여름의 한가운데를 지나고 있다. 비에 젖은 구두는 그늘에 말려 신어야 하듯, 일상의 작은 행운도 주어지는 것이 아니라 스스로 만들어나가야 한다는 걸 깨닫게 하는.

무작정 WRITE ...... 일기장

제대로 지키지 못한다는 것을 뻔히 알면서도 해가 바뀌면 새해 결심 몇 가지 정도는 일기장이나 다이어리에 적게 된다. 올해 첫 일기를 들춰보니 일기를 더 자주 쓰고 휴대전화 보는 시간 줄이고, 더 많이 읽고 쓰는 그런 한 해를 만들어야지, 라고 써놓았다. 사전적 의미대로 일기는 '개인의 기록'이라 나는 정말 마음 가는 대로 쓰고 있다. 그날그날의 푸념과 반성이 빠질 수 없어 다시 읽으면 유치하고 감상적으로 느껴져도 어쩔 수 없다. 일기가 아니라면 어디에다 그런 문장들을 끼적거려놓을 수 있겠는가 말이다. 『존 치버의 일기』처럼 작가 중에는 훗날 출판을 염두에 두고 일기를 쓰기도 하는데 그런 건 대가들이니까 가능한 일이겠지.

고백소설의 범주 안에 편지나 일기 형식으로 쓴 소설들이 있다. 많은 소설들 중에서도 다니엘 페나크의 『몸의 일기』가 지금은 가장 먼저 떠오른다. 80대에 이른 아버지가 세상을 떠나기 전 딸에게 쓴, 제목처럼 오로지 자신의 몸에 관한 일기다. 한 남자가 태어나서 죽음을 맞기 직전까지 자신의 몸을 통해 겪었던 이차성징, 구토, 불면증, 건망증, 노안, 전립선비대증, 치매…… 그러니까 '존재의 장치로서의 몸'에 관한 세세한 일화들. 기록記錄의 의미는 읽는 사람의 생에 대한 갈망의 정도에 따라 달라지는 건 아닐까. 언젠가 일기 형식의 소설을 써보고 싶다고 생각한 적도 있었는데. 지키지 않고 기록을 남기지도 않으니 순간순간들은 모두 사라져버리고 만다.

지금 쓰고 있는 검정색 일기장 앞에는 은박으로 이렇게 새겨져 있다. WRITE. 속지는 줄이 쳐져 있고 눈을 피로하게 하지 않는 미색 종이이며 잉크를 잘 흡수하고 크기나 색이 두드러지지 않아 책들 사이에 대충 세워놓아도 가족 눈에 띌 염려가 적다. 먼 나라에 사는 지인이 보내준 데다 내가 원하는 일기장의 조건을 다 갖추고 있어 애착이 간다. 덕분에 피렌체 두오모 성당 근처의 작은 종이 가게에서 산, 수제로 만들었다는 붉은 가죽 커버 일기장은 지난해 신춘문예에서 동화로 등단한 제자에게 선물할 수 있었다. 무엇이든 쓰고 기록하라는 의미가 전달되기를 바라면서. 이 'WRITE'라고 새겨진 검정색 일기장처럼 가끔 나에게 두툼한 노트를 슬쩍 건네주는 이들의 마음을, 어째 지금 더 잘 알 것만 같은지.

두 조카에게 한글을 가르치고 나서 일기부터 쓰게 했다. 처음에는 서너 문장만 써도 칸이 다 차버리는 그림일기로. 지금도 꾸준히 쓰고 있는데 얼마 전 5학년짜리 조카가 '내가 원하는 것은 무엇일까'라는 제목으로 쓴 일기를 읽었다. 아직 자신의 꿈이 무엇인지, 어떤 직업을 갖고 싶은지 모르지만 그건 창피한 게 아니라 책에서 읽은 대로 '모든 것을 꿈꾸는 것'일지도 모른다고, 꿈을 찾는 그날까지 조급해하지 말고 천천히 기다리겠다고 말이다. 한글과 독서 교육을 누가 시켰는지, 참. 기특한 마음이 들면서도 초등학생의 그런 내면의 일기를 교정봐주고 있자면 나 또한 무언가 쓰고 싶다는 기분이 든다.

『교양 물건』이라는 책에서 '어떤 행동을 유발하는 성질'이라는 뜻의 '행동 유도성affordance'이라는 단어를 처음 보았다. 이를테면 연필이라는 사물을 보면 쓰고 싶어지고 의자를 보면 앉고 싶어지고 바구니를 보면 담고 싶어지는 마음의 성질. 수수한 공책 한 권을 머리맡에 두고 있으면 불현듯 써보고 싶은 충동이 드는 건 바로 이 행동 유도성과 관계가 있는 것일까.

사람은 나이가 드는 만큼 덜 기대하게 된다고 한다. 그러면서 "덧없음의 감정"은 보다 커진다고. 두려운 말이다. 새해 일기장에는 기대하는 것, 원하는 것, 이루고 싶은 점 들을, 희박하나마 가능성이 있으며 지킬 수 있는 리스트들을 더 적어보는 것도 괜찮겠지.

마흔 살 생일을 앞둔 겨울에 나는 버지니아 울프가 1919년 가을에 쓴 일기를 읽었다.

> **나는 내 자신에게도 성공적으로 보이고 싶다. 그러나 나는 그 밑바닥까지 가지 못한다. 자식도 없고, 친구들로부터 떨어져 살며, 글을 잘 쓰지 못하고, 먹는 데다 너무 많은 돈을 낭비하고, 늙어가기 때문이다―나는 '왜'와 '무엇을 위하여'를 너무 많이 생각한다. (…) 불행은 도처에 있다. 바로 문밖에. 아니면 어리석음이. 그것은 더 나쁜 것이지. 그래도 나는 쐐기풀 같은 나의 고통을 뽑지 않을 것이다.**

그 책을 덮었는데 마음이 아팠다. 계속 아팠다.

얼마 후 나는 '버지니아 울프를 만났다'라는 제목의 단편을 썼다.

열아홉 살 　　　　　　　　　　　· · · · · · 외투

　동생과 동네 식당으로 저녁 먹으러 갔다가 옷 파는 상점에 들어갔다. 진열된 이른 봄옷 뒤쪽으로 겨울옷들이 걸려 있는 게 보였다. 새 외투가 필요하지도 않은데 디자인과 겉감이 단순하고 실용적으로 보이는 옷이 눈에 띄어 입어보았다. 동생은 남들은 갈아입은 줄도 모를 까만색 옷을 싫증도 안 내고 잘도 사는군, 하는 눈으로 나를 봤지만 나는 그 외투를 사버렸다. 보는 사람은 몰라도 나만은 그 까만 외투의 디자인과 질감이 다른 옷과 어떻게 다른지 아니까.

　중학교 때 교복자율화가 실행돼서 겨우 1년밖에 교복을 입어보지 못했다. 초등학교 때 없는 옷을 돌려가며 학교에 가야 했기에 교복 입기만을 기다렸는데. 여중 2년 동안 사복을 입고 다녀야 하는 일이 여러 가지로 부담스럽기만 했다. 더욱이

동네를 벗어나 시내 한복판에 있는 고등학교에 다닐 때는, 그런 것에 무심해지려고 해도 입고 다니는 옷만으로 어떤 격차를 확연히 느낄 수밖에 없었다. 외투가 특히 그랬고 단벌 외투로 버텨야 하는 겨울은 길고도 길었다.

열아홉의 겨울을 떠올리면 이상하게 한 장면만이 유독 또렷하다. 다섯 살밖에 나이 차가 나지 않는 이모와 잠깐 같이 살 무렵이었다. 부모를 일찍 여의고 여상을 졸업한 이모는 직장에 다녔다. 부엌 옆에 딸린 이모 방에 들어가면 화장품 냄새가 났고 몇 벌 안 되는 출근용 옷이 벽에 걸려 있었다. 그중에서도 내가 탐낸 건 단정한 라운드 칼라에 톡톡한 직물로 짜인 인디언핑크 외투였다. 이모가 휴일에만 입고 외출하는 옷이었다. 주머니와 단추가 서너 개 달렸을 뿐 라인도 디자인도 단순하지만 세련되고 침착해 보이는 핑크. 이모한테 들키면 또 싸움이 날 텐데. 나는 머리를 하나로 올려 묶고 무릎까지 내려오는 스커트에 풀오버를 받쳐 입곤 이모의 외투를 걸치고 나갔다.

관악구청 앞 정거장에서 E를 만나기로 한 날이었다. 중학교 때 친구였고 그때까지만 해도 평생의 친구로 지내게 될 거라고 의심치 않았던. E는 상도동에서부터 버스를 타고 우리 동네로 오기로 했다. 나는 이모의 코트에 손을 찌른 채로 버스

정거장에서 그 애를 기다렸다. 굽이 낮은 구두를 신었고 외투를 돋보이게 하느라 목도리도 두르지 않은 채였다. 눈발이 날리기 시작했다. 얇은 탈지면처럼 도로에 눈이 쌓였다. E는 왜 이렇게 늦는 걸까. 이렇게 발이 시리고 목으로는 찬바람이 스며들고 그리고 내가 새 외투를 입고 기다리고 있는데. 마치 그런 나를 조금 먼 데서 또 다른 내가 지켜보았던 듯 그때의, 입시에 실패했으며 스무 살을 목전에 둔, 이모 외투를 입고 누군가를 기다리던 열아홉의 내가 선명히 보인다. 그게 우정인지 사랑인지도 몰랐던 때. 몰래 입고 나온 인디언핑크 외투에 차츰 눈이 내려앉았다.

코트의 순화어로 알고 있는 '외투外套'를 국립국어원 사전에서 찾아보면 두 건의 검색 결과가 나온다. 첫 번째는 다 아는 대로 '추위를 막기 위해 겉옷 위에 입는 의류'라는 뜻으로, 두 번째는 고골의 단편 「외투」에 관한 내용이.

블라디미르 나보코프가 『러시아 문학 강의』에서 고골의 「외투」에 관해 쓴 글을 읽을 때마다 그 소설에 대한 이해의 폭이 넓어지는 것을 느낀다. 「외투」의 줄거리는 간단하다. 소심하고 직급이 낮은 한 관리가 외투가 낡아버려 새로 맞출 수밖에 없는 형편에 놓인다. 생활비를 아끼고 절약한 끝에 장만한 새 외투를 입고 나간 첫날, 강도들을 만나 옷을 빼앗기고 만다. 풍자와 환상성과 유머는 고골 문학의 특징이며 그중에서도 유머(웃음)에 대해서는 다양한 해석이 가능하다. 내가 여러 번 읽은 「외투」가 수록된 책의 작품 해설에 따르면 이 웃음은 "눈물로 가려진 웃음"이라고 한다. 그 점과 연관시켜 나보코프의 "어떤 것의 우스운comic 측면과 우주적cosmic 측면의 차이는 치찰음 하나에 불과하다는 것을 상기하게 한다"라는 문장도 잊히지 않는다. 인간성 혹은 영혼에 대한 호소를 동반하지 않는 유머라면 아마 문학작품에서는 큰 의미가 생겨나기 어려울지도 모르겠다.

나중에 알고 보니 고등학교 선배여서 더 친밀하게 느껴졌던 시인 C가 모친상을 치르고 처음 모이는 자리에서였다. 늦게 온 그녀가 자줏빛 외투를 벗어 의자에 걸치며 "이거 우리 엄마 거야" 했다. 울 것 같은 목소리였다. 우리 중에 C가 나이가 가장 많고 어른스러운 말도 도맡아 했고 시니컬한 편인데 모친의 죽음 앞에서 그녀는 그냥 작은 아이 같아 보였다. 엄마를 보고 싶어 하고 엄마의 유품을 간직하고 싶어 하고 눈물을 터뜨리는. 문득 토마스가 떠올랐다.

「풍선을 샀어」라는 단편에 등장시킨 인물. 중심인물인 '나'에게 인간에게 희망의 몸짓은 없다고 말했던, 죽은 어머니의

밖으로 나가기 위해서 필요한 것은 세 가지였다.
변변해 보이는 외투와 구두와 우산.

겨울 외투를 입고 다니던 토마스. '나'가 죽은 엄마처럼 떠나갈까 봐 두려워했던 토마스. 나와 토마스, 그 밖의 인물들이 어떤 성장의 순간을 지나가는 이야길 써보고 싶었다. 인간에게 희망의 몸짓 있습니다, 라고 보여줄 수 있는 소설을.

열아홉 살 때 나는 그 나이가 너무 두려웠고 스물이 되는 것은 더 그랬고 꿈도 희망도 남의 이야기라고만 생각했었다. 그러나 어렴풋이 알고 있었다. 열아홉 살도 스무 살도 지나가야만 하며 언젠가 어른의 세계로 입문하지 않으면 안 될 거라고. 밖으로 나가기 위해서 필요한 것은 세 가지였다. 변변해 보이는 외투와 구두와 우산. 미성숙함과 내핍의 생활을 나는 그것으로 가리고 막고 욱여넣은 채로 간신히 20대가 되었다.

크기보다 힘이 센 . . . . . . 엽서

새 텔레비전이 배달돼 오기 전에 어머니와 오랜만에 작은 방 청소를 했다. 지금은 어머니가 쓰고 있지만 예전에는 둘째 동생 방이었다. 그 동생이 직장 다닐 때 공부하던 책들과 이런저런 서류 뭉치를 내놓으려는데 빈 엽서 한 장이 가볍게 바닥으로 떨어졌다. 사용하지 않은 관제엽서였다. 현재 순화어로는 체신엽서. 누렇게 변색돼 보여서 버릴까 하다가 마음을 바꾼 이유는 우표란에 쓰인 금액 때문이었는지도 모른다. 올해 체신엽서 가격이 300원이라고 알고 있다. 그런데 70원이라면, 대체 그 시절은 언제였을까.

지난 연휴 때 제 부모와 휴가를 다녀온 초등학생 조카가 비밀스럽게 나를 방으로 불렀다. 휴가지에서 아이스크림이나 사먹으라고 내가 3만 원쯤 환전해줬는데 그 돈으로 자신을 위해

155

서 좋은 걸 샀다고. 아이는 침대 밑 서랍을 열고는 그 안을 보여주었다. 한 장씩 뜯어서 쓰는 분홍색 엽서 묶음과 편지지들이 들어 있었다.

줌파 라히리의 「길들지 않은 땅」은 여행을 낙으로 삼게 된 아버지가 출가한 딸의 집을 방문해 일주일 동안 지내는 이야기다. 아내가 죽은 후 아버지가 다시는 "가족의 일부"가 되고 싶어 하지 않는다는 사실을 모르는 딸 루미는 아버지가 "자기 가족에게 해가 될 수도" 있다는 불안을 느낀다. 아버지는 방치돼 있던 딸의 뒤뜰을 가꾸기 시작한다. 흙과 퇴비를 사고 아내가 좋아했던 수국도 심고, 어린 손자에게는 심고 싶은 걸 마음껏 심으라고 신문지만 한 땅을 내주었다. 딸은 정원에서 땀 흘리며 일하는 아버지와 그 곁에서 노는 아들을 보며 깨닫는다. 지금 그 모습이 얼마나 제대로 된 삶인지를. 같이 살자고 말해도 아버지는 짐이 되고 싶지 않다고 거절한다.

아버지가 떠난 날, 루미는 정원에서 아들이 자신의 땅에 심어둔 것을 본다. 볼펜과 광고지 그리고 아버지가 그 집에 와서 쓴 엽서 한 장. 예전처럼 자신에게 "행복하길, 사랑을 전하며, 아빠"라고 쓴 게 아니라 여행을 같이 다니게 된 한 부인에게 쓴 엽서. 소설에서 상징象徵은 이 엽서같이 의미의 폭을 넓혀준다. 딸은 이윽고 아버지가 하지 못하고 돌아간 일을 한다.

엽서에 묻은 흙을 털어내고 우표를 붙이는.

내 책상 서랍 하나는 여러 도시의 미술관, 서점, 거리에서 산 각종 엽서들로 가득하다. 산마르코 광장의 흑백 엽서는 베네치아에서의 추웠던 이틀을, 카라바조의 그림이 새겨진 엽서는 우피치 미술관에서 보낸 벅찬 시간을, 코르크로 만들어진 리스본의 엽서는 그걸 선물로 사다준 친구를 떠올리게 한다. 사물 중에는 그저 보기만 해도 생각에 빠지게 만드는 것들이 있다. 기념품이나 일기장처럼. 때에 따라 크기보다 훨씬 많은 것을 담을 수 있는 엽서 또한 그런 힘센 사물이 아닐까.

(이 글을 쓰고 얼마 후, 나와 내 부모의 이름 앞으로 온 엽서 한 장을 받았다. 발송지는 원주 단계동. 엽서의 내용은 이렇다.

"안녕하세요. 전 ○○입니다. 저는 항상 이분들을 존경하고 사랑합니다. 어떤 은혜에도 갚을 수 없는 은혜, 감사합니다. 2018년 7월 1일에 배달될 이 엽서를 보시고 저의 마음을 알아주세요. 그리고 2018년 3월 2일에 큰 축복이 터질 것입니다. 사랑합니다."

아마도 제 부모와 안도 다다오가 지었다는 '뮤지엄 산SAN'에 간 조카들이 보낸 것이리라.)

있어도 또 갖고 싶은 것　　　· · · · · · 머그잔

이런저런 방황 끝에 20대 초반 첫 직장 생활을 하게 되었다. 새로 생긴 디자인 회사였는데 그 무렵 붐을 타던 컴퓨터 그래픽으로 건축설계나 인테리어 작업, 애니메이션이 필요한 광고 제작을 하던 데였다. 디자인 학원을 다니다 채용이 된 나는 제작팀에서 도면 작업을 돕기도 했지만 도무지 마음을 붙일 수가 없었다. 아무튼 회사는 오픈 파티를 준비하고 있었고 초대한 손님들에게 줄 선물도 마련했다. 광고주들에게 회사를 홍보하던 컴퓨터 그래픽 영상 중, 촛대의 촛불이 바람에 흔들려 꺼질 듯하다가 다시 환하게 타오르는 장면을 프린트한 머그잔이었다. 한쪽에는 회사명과 로고를 새겨놓았다.

어머니께서 올봄에는 더 이상 안 쓰는 주방 물건들을 큰맘 먹고 버리겠다고 하시더니 선반도 거의 비웠는지 깨끗해 보인다. 그런데 컵들을 놓아둔 앞 칸에 27~28년 전 회사를 그만 둘 때 갖고 나왔던 머그잔 하나가 눈에 띈다. 단지 그 시절의 머그잔을 힐끗 보기만 했을 뿐인데 어딘가 모르게 마음의 동요가 느껴졌다. 사물에 관해 심리학에서 말하는 '정서적 이별'이라는 표현이 떠올랐다. 바로 저런 물건을 정리해야 할 때 필요한 감정인 걸까.

작업실 주방 선반을 열어보니 여기에도 머그잔들이 여러 개나 포개져 있다. 한때 심플한 흑백 패턴이 마음에 들어 여섯 개 세트를 하나씩 모은 ASA의 머그잔들 외에도 한두 번 밖에 안 쓰고 넣어둔 것들이 대부분이며 혼자 쓰기에 개수도 많다. 그런데도 버리지 못할 잔들도 몇 개나 된다. 특히 수년 전 한 출판사에서 사은품으로 제작한, 내가 무척이나 좋아하는 작가의 흑색사진이 프린트된 잔. 그의 사진 밑에 네 권의 책 제목이 영문으로 새겨져 있다. '제발 조용히 좀 해요' '사랑을 말할 때 우리가 이야기하는 것' '대성당' '내가 필요하면 전화해'.

그때 일곱 달 만에 회사를 그만두고는 책만 읽으면서 지냈다. 찾지 못한 꿈과 되고 싶은 사람의 모습을 책에서 발견할 수 있을지도 모른다는 희망으로 몇 년 그렇게. 그러다 뒤늦게 대학에 갔고 글을 쓰기 시작했다. 지금 나는 조카들이 여행지에서 사다준 머그잔에 레몬 물을 부어 마시면서 지난주에 새로 나온 책 한 권을 읽는 중이다. 그 책에서 아프리카 작가 치누아 아체베가 "좋은 이야기는 우리를 저절로 끌어들이고, 우리 내면에 존재하는 무언가가 우리를 좋은 이야기로 인도한다고 생각합니다"라고 한 말을 가슴 깊이 새기면서. 좋은 이야기는 어떻게 쓸 수 있을까. 뭔가 깊이 생각해야 할 때는 몸을 좀 움직여보는 게 도움이 된다. 요가나 걷기나 청소하기 같은.

오늘은 작업실 선반 정리를 좀 해볼까. 그런데 쓰지는 않아도 이런 잔은 정말 버리기 어렵다. 세인트루이스에 있는 '뉴시티스쿨New City School'이라는 학교로 강연을 갔었다. 그때 선물로 받았던 잔은 머그잔이 아니라 수프 그릇으로 써도 될 만큼 커다랗고 두꺼운 잔이라 두 개나 되는 트렁크를 끌고 미중부, 시카고, 뉴욕을 석 달 가까이 오가야 했던 여정에 짐을 챙길 때마다 숙소에 두고 갈까 말까 망설였다. 일단 무겁고 큰 데다 완충제 대신 옷으로라도 둘둘 말아 넣기까지 해야 했으니. 아마 그 잔에 쓰여 있는 문장이 아니었대도 나는 그 무거운 머그잔을 끝까지 챙겨 왔을까. 새싹 같은 초등학생들과 책 이야기를 도란도란 나누고 선물로 받아 왔던 그 학교의 남색 머그잔에는 이렇게 쓰여 있다.

Where Kids come first.

때론 내가 갖고 싶어도 그 물건이 더 어울릴 만한 사람이 있으면 선물하기도 한다. 예를 들면 그 물건의 수집가를 만났을 때.

캘리포니아 살리나스에 있는 존 스타인벡 생가에서 머그잔 하나를 사 왔다. 남은 일정이 있어서 무거운 기념품은 절대 금물이라고 작정해도 예술가의 생가나 박물관, 미술관에 갔을 때만은 뜻대로 안 된다. 기념품 가게에는 안 들르는 게 상책이지만 그럴 수는 없지 않은가. 아는 분 중에 머그잔 수집가가 있었다. 유리로 짜 맞춘 2단짜리 장식장을 보는데 그만 입이 딱 벌어질 정도였다. 값비싸고 귀한 잔들을 모아둔 게 아니라 흔히 볼 수 있는 보통의 머그잔들이었는데 그렇게 벽 전체에 모아두니 설치 작품과 다를 바 없어 보였다. 그때 막 캘리포니아에서 돌아온 터였다. 문학도 좋아하는 분이라고 했지. 잠시 망설이다가 존 스타인벡 머그잔을 선물했다. 다시 그 머그잔이 전시된 공간에 가게 되었을 때 존 스타인벡이 가장 눈에 잘 띄는 자리에 위풍당당하게 놓여 있는 걸 보았다.

앨리스 먼로의 단편 「작업실」에서 주부이자 작가 지망생인 나는 어느 날 다림질을 하다가 현재 자신의 삶의 문제를 해결

그것이 전부였다.
어쩌면 그것이 전부여도 될 것이다.
글만 쓰는 방에서라면.

하는 방법은 작업실을 얻는 거라는 결론을 내린다. 남편을 설득해서 집 가까운 곳에 글쓰기 좋은 작은 방을 하나 얻는다. 그러곤 다른 이의 도움 없이 주말에 작업실로 짐을 옮긴다.

타자기, 접이식 책상, 의자, 핫플레이트를 올려놓을 작은 나무 탁자, 주전자, 인스턴트커피 한 병, 숟가락 하나와 노란 머그잔 하나.

그것이 전부였다. 그렇다. 어쩌면 그것이 전부여도 될 것이다. 글만 쓰는 방에서라면.

뜨거운 커피와 뜨거운 물을 견딜 수 있는 머그잔 하나는 갖고 있어야 한다. 책상 한쪽에 언제나 놓여 있으면서 어느 때는 잔 밑바닥의 커피 찌꺼기 무늬를 물끄러미 들여다보기도 할 수 있는.

이윽고 닳아 없어지는   ······ 비누

라틴아메리카 작가 크리스티나 페리 로시의 책들은 늘 손
닿는 데 두고 지낸다. 비인간적인 사회정치 체제의 억압에 저
항하는 사람들이나 통념처럼 굳어진 부당한 것들을 거부하는
인물이 다양한 방식으로 그려져 있는데, 읽다 보면 생각이 많
아졌다가도 그 신선함과 상상력에 즐거워지기까지 한다.

단편 「느슨한 줄에서 살아가기」에서 주인공 소년은 줄 위에
서 살아가기로 마음먹었다. 그저 줄이 좋기도 했지만 꼭 땅에
서 살아야 할 필요를 찾지 못한 데다 다른 이들로부터 자유로
울 수 있다는 이점도 있었다. 그를 돌보고 교육을 맡은 선량
한 퇴직 공무원은 줄과 끈을 이용해서 소년에게 필요한 물건
들을 올려 보낸다. 신문, 양초, 책 몇 권, 깨끗한 셔츠 그리고
비누.

그 생활용품들이 허공으로 끌어올려지는 장면을 상상하다 보면 그런 데서도 비누 하나쯤은 필요한 모양이라고 고개를 끄덕이지 않을 수 없다. 퇴직 공무원은 소년에게 말한다. "모든 피조물들에게는 땅이든 하늘이든 물이든 자신만의 공간이 있다"라면서 그 공간은 관습에 의해서가 아니라 본성에 따라 결정할 수도 있는 거라고. 시도해볼 수 있다면 나는 어떤 공간에서 잠시 살아보고 싶은가 하는 생각에 문득 빠져들었다. 어떤 환경운동가처럼 나무 위에서 지내보는 건 어떨까. 잠시 동안이라도 어디에 거주하든 비누나 치약은 있어야 할 것 같다. 현재 발을 꼭 붙이고 사는 관악구의 집 욕실에도 몇 개씩이나 여유분을 준비해두었듯.

중학교 때 친구들 사이에서 비누공예가 인기였다. 포장을 벗긴 비누 한 알을 중심으로 각종 리본이나 레이스를 시침핀으로 빽빽하게 고정해서 바구니나 학 같은 모양을 만들어 선물하거나 학교 복도에 전시하기도 했다. 처음에는 가사 선생님한테 배운 듯하다. 가사라니. 그래, 그런 과목도 있던 시절이었다. 어떤 시절이나 순간은 특정 향기로 기억되거나 소환될 때가 있는데 대방동 문창중학교를 다니던 날을 떠올리면 순간적으로 훅, 그 럭스 비누향이 나기도 한다. 물론 그런 시간은 순식간에 지나가고 말았지만.

갈리아인이 만들어냈다고도 하고 '더러움을 날려 보내라'라는 목표로 18세기 프랑스 과학자 르블랑이 제조법을 발견했다는 'Soap'. 비누라는 단어를 사전에서 처음으로 찾아보았다. '때나 더러움을 씻어내는 데 쓰는 물건.' 같은 말은 석감石鹼. 여기에 덧붙일 수 있는 설명이 있다면 어떤 게 있을까. 누구나 쓸 수 있는 것, 색깔은 다양해도 거품만은 흰 것, 유용하고 향기로운 것, 만들 수 있는 것, 선물하기 좋은 것……. 이따금 값비싼 비누가 생기면 며칠 갖고 있다가 동생에게 주거나 한두 개쯤은 향기가 배도록 서랍장에 넣어둔다. 비누라면 나한테는 이거면 되니까. 볼록한 유선형에 비둘기 로고가 새겨진 우윳빛 비누. 그게 유년 시절부터 다이알비누, 살구비누, 아이보리비누 등을 거치면서 찾은 취향이 되었다. 여름에는 쉽게 물러진다는 단점도 있으나 만만하게 쓸 수 있고 하얗고 둥글어서 보기에도 좋다.

소설에서 등장인물은 그가 사용하는 소도구나 사물로 독자에게 소개되거나 감정을 표현하는 장치로 쓰이기도 한다. 아버지에 대한 소년의 불신인지 슬픔인지를 표현하기 위해서 어떤 작가는 이런 표현을 하기도 했다. 손톱으로 아이보리비누를 긁어 다섯 개의 골을 파놓았다고. 제목도 잊어버렸지만 할퀸 듯 비누에 남아 있는 아이의 손톱자국만은 지금도 선명하다. 어쨌든 그 자국도 사라지겠지. 그러고 보면 비누에 한마디 덧붙여도 괜찮을지 모르겠다. 이윽고 닳아 없어지는 것.

빙글빙글 ······ 만화경

티눈 비슷한 게 생겨 피부과에 갔더니 발을 들여다본 의사가 "많이 걸어 다니시나 봐요?"라고 물었다. 발이 너무 울퉁불퉁하게 생긴 걸까. 아무려나 여러 가지 이유로 이곳저곳 걸어 다니는 건 사실이고 그중 내가 지나다니는 한적한 도로변에는 유리 가게가 하나 있다. 가게 앞까지 크고 작은 유리와 거울 들이 세워져 있는데 그 앞을 지날 때마다 초등학교 때 만화경을 만드느라 동네 유리 가게를 드나들던 기억이 불쑥 떠오른다. 당시만 해도 장난감이라는 게 별로 없어서 만화경들을 만들어 색종이를 넣고 빙글빙글 돌려가면서 다양한 무늬와 상象을 들여다보는 것을 큰 즐거움으로 알았다.

환상으로 가득 찬 청춘 로맨스 『밤은 짧아 걸어 아가씨야』로 잘 알려신 삭가 모리미 도미히코의 책들을 다시 읽다가 만화경이 중요한 사물로 나오는 단편 「요이야마 회랑」도 보았다. 15년 전에 딸을 잃어버린 삼촌이 "똑같은 모양이 두 번 나타나는 일이 없"는 만화경을 종종 홀린 듯이 들여다본다. 어느 날은 눈에 대는 쪽 반대편에 "작은 유리구슬이 박혀 있고 망원경처럼" 생긴 만화경으로 길에서 지나가는 사람들을 보다가 갑자기 손을 뻗어 허공을 붙든다. 딸이 보이는 것 같아서. 딸이 사라져버린 거리로 삼촌은 그렇게 매일 나간다. 형태가 바뀌고 변형되는 만화경 속의 무늬와 풍경을 위안 삼아.

아들이 죽은 후 고요히 살아가는 노부부의 하루를 그린 오정희 작가의 단편 「동경」에서도 만화경은 인물의 심리를 표현하는 상징으로 읽힌다. 놀이터 벤치에 놓여 있던 이웃집 아이의 만화경을 노인은 품에 감추고 가져와선 아들의 책상 서랍에 넣어둔다. "만화경은 뭐든지 다 보이는 요술 상자래요" 했던 아이의 말과 달리 노인의 눈에 만화경 속은 새삼스러울 것도 없고 눈이 부시지도 않는다. 만화경의 원리는 각을 이룬 거울의 반사와 대칭에서 생겨난다. 구리거울 「동경」에서의 만화경은 언어로만 이루어진, "아득한 땅속에 묻힌 거울 빛의 반사"의 아름다움과 돌연한 슬픔이 무엇인지 느끼게 해준다.

책상 서랍에 만화경 같은 게 하나쯤 있으면 싶을 때가 있다. 조금은 사치스럽기도 하고 자유분방한, 컬러풀한 무늬와

형상에 한눈을 팔아보고 싶을 때가. 위안이 되는 어른의 다른 장난감은 또 무엇이 있나.

오랜만에 만화경 하나 만들어볼까 하고 조카 손을 잡고 문방구에 갔다. 재료를 팔 거라고 짐작했는데 틀렸다. 역시 유리 가게에 가서 똑같은 크기의 직사각형 거울 세 조각을 사와서 만들어야 할까 보다. 천변만화千變萬化, 즉 '끝없이 변화하다'라는 뜻에서 붙여진 만화경萬華鏡 생각을 며칠 동안 하고 지낸 이유가 있을 텐데. 그저 옛날 생각이 나서였나. 어쩌면 내가 어떤 것을 만들고 지었을 때, 어떤 것을 보았을 때 거기에 잠시 아름다움 같은 게 깃들어 있었으면 하는 바람 때문인지도. 예전만큼 대칭이나 완벽에 집착하지 않으니 언젠가 이루어질 수도 있을까. 사람과 사람이 만들어내는 다양한 무늬와 상을 보고 느끼고 알게 된 점에 대해서 진실되게 쓰는 일. 그것이 작가의 의무일지도 모른다.

'증식하다' '회전하다' '다채롭다' '변화하다' '비추다'라는 동사들에 대해 깊이 생각하며 오늘도 하릴없이 걷는다. 봄이 오기 전에, 새 소설을 시작하기 전에.

노란 배

...... 색종이

어버이날을 앞둔 주말에 조카들이 집에 왔다. 초등학교 고학년이 된 조카들이 외할머니 할아버지, 나에게 종이로 접은 카네이션을 언제까지 가슴에 달아줄지 궁금하다. 10년 동안 같이 살 때 아이들에게 텔레비전도 잘 보여주지 않아서 책 읽기 외에 같이할 수 있는 놀이들을 궁리해야 했다. 끝말잇기, 묵지빠, 아이엠그라운드, 오목, 체스, 주사위 놀이, 다트 게임 등등. 그러나 온종일 놀아주는 이모 역할만 할 수는 없다. 그럴 때 아이들에게 색종이를 건네주었다. 그러면 이내 조용해졌다. 일을 하다 돌아보면 아이들은 삼방이니 사각그릇이니 하는 것들을 색깔 맞춰 접는 데 몰두해 있었다.

내가 초등학생이었을 때도 미술 시간에 색종이로 개구리나 배, 비행기, 바지저고리 등을 접곤 했다. 준비물이 크레파스나물감일 때같이 다양한 색의 종이를 가져오는 친구가 주목을 받기 마련이었다. 보통은 단면 종이에 열 가지 색깔쯤 든 '무지개표 색종이'를 쓴 것 같다. 조카들이 유치원에서 쓰던 색종이 세트에 금색, 은색, 반짝이, 체크나 도트 무늬의 세련된 양면 종이들이 있는 걸 보았을 때 무척이나 신기했다. 〈종이학〉이라는 가요가 유행하던 시절에는 너도나도 학을 접었다. 그 후에는 색종이나 포장지를 오려 학알을 접는 게 유행했고. 그때 친구들에게 받은 학알 유리병 세 개는 지금도 책장에 잘 올려두고 있다. 그 행운이 아직도 유효할 거라고 믿으면서.

「밤을 기다리는 사람에게」라는 단편을 준비하던 무렵이었다. 일본에서 태어난 주인공 미호의 할머니가 큰 불행을 겪은 손녀에게 마음을 달래기 위한 방법으로 오리가미折紙라고 하는 종이접기를 알려주는 장면을 그렸다. 그 후 차츰 기운을 차린 미호는 어머니가 하는 두부 식당에 나가 일을 돕다가 단골손님인 진교라는 남자를 만난다. 미호가 폭력으로 인한 상처를 갖고 있는 캐릭터인 만큼 나중에 부부가 될 진교와 어떤 식으로 첫 대화를 하면 좋을지 고민하다 이렇게 써보았다. 두 사람은 식당 조리대와 테이블을 사이에 두고 있다.

"그 종이로 뭘 섭고 계십니까?"

"……투구입니다."

"이번엔 뭔가요?"

"약봉지입니다."

"이번에는요?"

"동백꽃."

"이쪽으로 오시지 않겠습니까?"

사회에서 소외된 데다 사람을 만나고 사귀는 일에 서툰 두 남녀의 첫 대화를 통해서 조심스러워하는 감정, 다가가고 싶은 미묘한 흔들림까지 그려보고 싶었는데 그때는 이 정도가 최선이었다.

할머니가 미호에게 오리가미를 가르쳐주는 장면의 디테일도 필요했고 또 미호가 접는 투구나 동백꽃 같은 것도 내가 실제로 배우고 접어보는 게 글 쓸 때 도움이 된다. 그래서 한동안 종이접기에 관한 책을 찾아 읽고 접어보았다. 그때 종이접기에 대해 알게 된 사실들이 몇 가지 있다. 우선 종이접기를 할 때 무엇보다 중요한 건 모서리를 잘 맞춰 접어야 한다는 점이다. 그러지 않으면 완성품의 귀퉁이들이 조금씩이라도 전부 어긋나버리게 마련이니까. 접었던 종이를 도로 펼쳐서 접어도 한번 생긴 종이 자국은 쉽게 사라지지 않는다.

소설창작 강의실에 지난달 중순부터 노란 색종이로 접은 작은 배 두 척이 창가에 놓인 것을 보았다. 누가 접어놓았을까. 미수습자들 중 단원고 학생 네 명이 살아 있다면 첫 선거권을 행사할 수 있었던 19대 대통령 선거가 어제 끝났다.

대선 전 강의실에 들어갔더니 바람 때문인지 노란 배가 아무렇게나 쓰러져 있었다. 배의 한쪽 면에 새겨진 숫자들이 보였다.

20140416

소설을 쓰고 수업을 하면서 어떤 소설을 써야 하나, 더 생각하게 된다. 그 소설로 무엇을 말할 수 있는지에 관해서도 머리가 띵해질 만큼. 하지만 잘 모르겠다. 그래서 언제부터인가 나는 아주 단순해지기로 했다. 쓰고 싶은 이야기가 저절로 생겨날 때까지 기다릴 것. 인물들을 꾸미지 말고 솔직하게 드러낼 것. 옳지 않다면 작은 정의라도 그냥 지나치지 말 것. 그리고 예전보다는 조금 낮게 써보자고. 어떤 경이로움이나 빛은 없어도 좋다. 그저 오늘 집을 나섰다가 다시 집으로 돌아올 수 있는 이야기, 제대로 살아보고 싶은 보통 사람들에 관한 이야기.

노란 배를 숫자가 보이는 쪽으로 나란히 잘 세워두고 나는 강의실을 나왔다.

그저 오늘 집을 나섰다가
다시 집으로 돌아올 수 있는 이야기,
제대로 살아보고 싶은
보통 사람들에 관한 이야기.

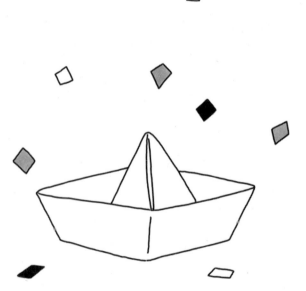

타오르는 생각   ······ 양초

쇼바와 슈쿠마 부부가 사는 동네에 전선 보수 작업 때문에 닷새 동안 저녁 8시부터 한 시간 동안 정전이 된다. 출산을 앞둔 아내가 병원에서 사산의 고통을 겪는 동안 남편은 학회에 참석하느라 자리를 지키지 못했다. 그 후 두 사람은 한집에서도 가능한 서로를 멀리하며 예의 바른 룸메이트 비슷한 사이가 돼버린다. 단전이 시작된 날부터 이 젊은 부부는 양초를 켜놓고 저녁 식사를 마친 후 문득 "전에 얘기한 적이 없는 것들을 말하는" 시간을 갖기로 한다. 아내 쇼바는 시어머니가 며칠 집에 와 있을 때 야근 핑계를 대고 친구를 만난 일, 남편은 아내가 생일 선물로 사준 조끼를 잃어버렸다고 거짓말하고 환불받은 돈으로 호텔 바에서 술 마신 이야기 같은 것들. 상대나 자신을 실망시킨 일이나 상처를 주었다고 느낀 그런 일들에 대해서.

어느새 두 사람은 정전이 되어 양초를 켜놓은 적당한 어둠 속에서 서로 고백하는 시간을 기다리게 된다. 그야말로 "집이 어두울 때 뭔가 일이 일어난 것이다". 멀어졌던 그들이 마주 앉아 다시 말할 수 있게, 어둠 속에서 밀랍 양초는 길고 꾸준하게 타오른다. 채 닷새가 되기 전에 보수 작업이 예정보다 일찍 끝나 그날부터 전깃불이 들어온다는 안내문이 와 있었다. 실망과 아쉬움 속에서 두 사람은 전깃불 대신 양초를 켜고 저녁 식사를 한다. 그게 마지막 고백의 시간이 될지도 모른다는 걸 잘 아는 그 젊은 부부는 어떤 이야기를 하게 될까. 혹시 그들은 "이제 자신들이 알게 된 사실 때문에 함께" 눈물을 흘리게 되지는 않을까. 그건 얼마나 아프고 상처가 되는 이야기일까.

줌파 라히리의 단편 「일시적인 문제」의 내용이다.

사람들은 언제 초에 불을 붙이는가. 슬플 때, 기쁠 때, 부끄러울 때, 절망에 빠졌을 때, 그 너머로 옳은 것을 보고 싶을 때, 그렇게 미래를 생각할 때, 그러므로 진실을 말해야 할 때.

개인적인 일과 재난같이 느껴지는 사회적 문제들을 구별하기 어려운 날들이 이어지고 있다. 훗날 2016년 11월을 돌아보면 어떤 기억이 내 앞에 남을 것인가. 그 많은 것들 중 어쩌면

이 열어서 보여줄 수 없는 마음을, 타오르는 생각을 표현할 수 있던 가장 좋은 도구는 격려하듯 서로가 서로에게 불을 밝혀준 양초 한 자루였다고 기억하게 될지도 모른다.

광장에서 많은 것을 보았다. 수많은 함성과 문장들도 듣고 보았다. 개인적으로는 11월 30일 저녁이 유난히 어렵게 느껴졌다. 부슬부슬 비가 왔고 버스들은 임시운행하거나 무정차했다. 인파가 한꺼번에 집으로 돌아가려고 할 때 일어나는 일들도 잘 지켜봤다. 집으로 돌아가면 각자 할 수 있는 일들을 여일하게 해내려고 또 애써야 할 터였다.

마음이 고요해질 때까지 오래 기다렸다가 나는 훈이라는 20대 후반의 청년을 떠올렸다. 그때만 해도 AI가 불거지기 전이었는데 한 청년이 달걀 한 판을 두 손으로 받쳐 든 채 집을 향해 모르는 길을 혼자 걸어가는 이미지가 지워지지 않았다. 어느 하루 훈이 겪는 일들, 만난 사람들, 경험하고 참여한 시간에 대해 쓰고 싶어졌다. 인간은 이 땅 위에서 시적으로 거주한다는 횔덜린의 말이 바탕이 됐다. 내가 보고 느낀 것으로 그 진실한 명제에 형태를 만들고 싶었다. 원고를 발표할 지면도, 기다리는 사람도 없었다. 제목은 '11월 30일'. 결국은 힘겹게 다시 집으로 돌아가는 이야기가 되고 말았던가.

젊은 날, 그때 내가 제단에 바칠 수 있었던 건

오직 그 헐벗음뿐, 어느새 내 팔도 훌륭한 양초로 변해 있었다

나는 무릎을 꿇고 어두운 제단 앞으로 나아갔다

어깨에 뜨겁게 흘러내리는 무거운 촛대를 얹고

송찬호 시인의 「촛불」을 읽는다.

촛불은 타오르면서 헐벗는다. 손에 들고 있기만 해도 경건해지고 저절로 기도하고 싶어진다. 앞은 뜨겁고 환한데, 고개를 들면 여전히 막막해 보인다. 숲의 천이라는 말이 떠오른다. 천이遷移. 오랜 시간에 걸쳐 어떤 것이 변천하고 풍부해지고 완성돼가는 과정. 숲은 하루아침에 만들어지지 않듯 한 사회가 만들어지는 데도 그 천이의 시간이 필요할지도 모르겠다. 이 순간 촛불을 들고 모인 사람들, 또 내일 하루하루의 시간들. 그 1초의 길이가 모여 한 사람의 일생, 국가의 모습을 만들어나가고 변화시키게 하리라.

2016년 겨울. 100만 명의 시민들이 언 손을 비비며 촛불을 들고 거리로 나섰다. 지켜내고 싶은 것을 위하여.

아직
괜찮아

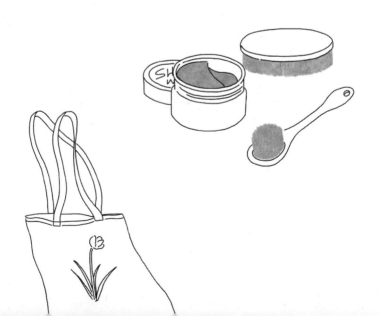

처음 간 도시에서
고독에 대처하는 방법

여름방학 동안 몇 주 지내러 갈 도시의 여행책 개정판이 나와서 구매했다. 수록된 그 나라 전도와 시, 구의 지도들 그리고 지하철 노선도를 한참 들여다보는데 비스와바 쉼보르스카의 시 「지도」가 떠올랐다.

평원과 골짜기는 늘 초록색,
고지대와 산맥은 노란색과 갈색,
가장자리가 찢긴 해안과 맞닿아 있는
바다와 대양은 친근한 하늘색.

이곳에서는 모든 것이 조그맣고, 닿을 수 있고, 가깝다.

그래서인가 지도를 오래 보고 있으면 모든 것이 연결돼 있고 길을 잃고 헤맬 걱정도 없는 듯하다. 중요한 많은 것들이 동일 선상에 놓인 듯 보이기도 하고 분절과 분리, 단절은 하나도 없어 보인다. 실은 그렇지 않다는 걸 잘 알면서도.

지금은 컴퓨터와 옷가지들 및 각종 짐을 쌓아놓은 작은방은 결혼해서 출가하기 전까지 막내 동생이 썼다. 부팅하는 데만 해도 시간이 걸리는 오래된 컴퓨터를 사용하려고 멀뚱히 앉아 있다 보면 벽의 절반 정도나 차지하는 세계전도가 눈에 들어온다. 어디서 저런 큰 지도를 구해다 비닐 표구까지 해놨을까. 색도 변하고 낡았지만 크기나 형태 때문인지 그래도 세계전도로서의 위풍만은 잃지 않았다. 동생에게 슬쩍 물어보았더니 나중에 세계를 일주하겠다는 원대한 마음으로 대학 신입생 때 그 전도를 붙여놓았다고 한다.

낯선 도시에 가면 휴대전화로 구글 맵이나 다른 길 찾기 앱으로 모르는 데를 성큼성큼 찾아다니는 사람들이 부럽기도 하다. 어째서인가 나는 방향감각도 없는 데다가 지도도 종이로 된 종류만 겨우 볼 수 있을 뿐이다. 그래서 아무리 익숙한 데라도 종이로 된 지도, 교통 노선도는 꼭 챙겨 다닌다. 그 장소에서 돌아올 때면 지도에는 새로 표시한 점들, 메모들로 가득히다.

예를 들면 광장에서 시장까지의 거리나 노점과 카페의 활기 등을 여백에 빼곡히 적어놓는다. 언덕이나 계단이 있는 곳들도. 지도가 흥미로운 것은 표시돼 있지 않은 것들, 나와 있지 않은 것들을 상상하고 찾아낼 수 있어서인지 모른다.

『세계 지도의 탄생』이라는 책에는 지도가 갖추어야 할 기본적인 네 가지 요소가 소개돼 있다. 첫 번째는 '사상성'인데, 축소가 운명인 지도는 무엇을 그리고 선택할 것인가 하는 문제에서 자유롭지 못하므로 주장하는 바를 피해 갈 수 없어서라고 한다. 두 번째는 지도의 표현력과 연관된 '예술성', 세 번째는 정확성을 나타내는 '과학성', 네 번째는 보는 이의 목적을 충족시켜줄 수 있는 '실용성'. 지도를 보면서 어떤 등고선이나 산과 바다의 입체감이 아름답다고 느끼거나 혹은 떠나고 싶은 충동이 든다면 그건 지도가 갖고 있는 표현의 집적集積 때문일 가능성이 크지 않을까.

시인 페르난두 페소아가 쓴 리스본 여행 책을 읽을 때 그런 충동이 들었다. 책 맨 앞장과 뒷장에 지도가 실려 있는데 페소아가 책에서 소개하고 있는 거리와 건물 순서대로 번호를 매겨놓은 거라고 일러두기에 설명돼 있다. 그가 "이 도시에서 가장 중요하다고 할 수 있는 금金의 길, 곧 오루거리를 걸어보자"라고 쓴 문장을 보자 나는 단박에 한 번도 가본 적 없는

이곳에서는 모든 것이 조그맣고,

닿을 수 있고, 가깝다.

리스본의 중심거리를 걷는 여행자가 된 기분이 든다.

단편소설 형식으로 쓴 하인리히 뵐의 여행기 『아일랜드 일기』에는 한 장의 지도도 나오지 않는데 책을 다 읽고 나면 아일랜드 속으로 아주 깊숙이 한번 들어갔다 나왔다는 느낌이 들 정도다. 이를테면 그가 성패트릭 성당을 표현한 대목을 읽을 때.

성패트릭 성당은 텅 비어 있었다. 대단히 깨끗하고 아름다웠다. 이 성당은 사람들, 그리고 통속적인 것들로 가득 차 있었다. 성당은 그냥 더럽다기보다는 손질이 되어 있지 않았다. 아기가 많은 집의 거실 같았다.

아직 가보지 못한 성패트릭 성당의 내부가 눈앞에 보이는 듯하다. 지도를 그려 넣지 않은 이유는 구체적 정보를 주는 지도를 보는 대신 의도를 갖고 연결한 문장과 언어의 형식, 엄숙함을 뺀 단어들을 통해서 아일랜드를 떠올려보라는 듯. 『페소아의 리스본』 『아일랜드 일기』 같은 책들은 읽는 시간 자체가 여행의 시간이다. 장소를 매력적이고 생생하게 표현하지 못하면 독자를 그 속으로 데리고 갈 수 없겠지.

하인리히 뵐은 말한다. 낯선 도시에서 갑자기 엄습하는 고독에 대항할 방법은 바로 '무엇을 사면 된다'라고. 그림엽서나 껌 그리고 연필과 담배를 사서 손에 쥐는 것. 그것이 그 "도시의 생활과 관계를 맺는 방법"이라고 말이다. 그 대목에서 그렇지, 나도 모르게 크게 고개를 끄덕였다. 낯선 도시에 가면 일단 어디에 들어가 무엇부터 사게 되는 이유를 처음 알게 된 사람같이. 너무 늦은 시간이 아니라면 낯선 도시에 도착한 날 나는 일단 밖으로 나가 신문도 사고 버스 티켓, 생수, 체리, 또 지금은 떠오르지 않지만 당장 필요하지도 않고 나중에 쓸 것 같지도 않은 소품들을 무심코 사버린다. 무엇을 사도 그 도시의 지도부터 한 장 사는 일만은 빼먹지 않는다. 그것을 손에 쥐었을 때 내 내면도 그렇게 일렁이는 모양이다. 그 도시의 생활과 관계를 맺을 준비가 되었다고. 가끔은 다녀온 도시의 지도에서 사라져버린 것들을 떠올려보는 밤도 있다.

지금은 여행을 떠나기 전이다. 몇 번 가본 곳이라고 해도 떠나기 전에는 처음같이 설렌다. 새롭게 발견한 어떤 것들을 지도에 그려 넣을 수 있을까. 스스로 발견하고 표시해둔 장소들을 점처럼 그린, 어디서도 구할 수 없는 개인적 경험이 집결된 또 다른 지표로 남을 만한 지도를. 예술적인 동시에 실용적이라면 더없이 좋겠지.

쉼보르스카가 생전에 마지막으로 완성한 「지도」라는 시는 이렇게 끝을 맺는다.

또 다른 세상을 내 눈앞에 펼쳐 보이니까.

아직 괜찮아 ...... 티셔츠

주말에 가족이 모였다. 기온이 높아져서인지 모두 반팔 티셔츠를 입은 게 눈에 띄었다. 아버지는 몇 년 전 내가 하버드 대학에 갔을 때 사다드린 회색 티셔츠를, 막내 제부는 휴가지에서 사온 흰색 티셔츠를, 조카들은 커다란 나무 한 그루에 'unplugged'라는 영문이 새겨진 티셔츠를 입고 있었다. 동생과 어머니는 헐렁한 라운드 티셔츠, 나는 까만 면 티셔츠를. 아버지 옷 목 부분에 꿰맨 자국이 보여 물어보니 다른 데는 멀쩡한데 거기만 해져서 세탁소에 수선을 맡겼다고 했다.

가족에게는 기념품이나 선물로 티셔츠만 한 게 없는 것 같다. 뉴욕, 베니스, 버클리, 파리 같은 도시에 있다가 집에 돌아오기 전이면 매번 티셔츠를 샀다. 처음에는 아버지 것 한 벌만, 동생들이 결혼했을 때는 제부들과 차례차례 대이닌 조카들 네 명의 티셔츠를. 주로 그 도시의 상징물이나 대학 로고가 프린트된 종류였는데, 조카들은 지금도 티셔츠를 서로 물려 입곤 한다. 티셔츠란 그런 옷이 아닐까. 어디서나 살 수 있으며 낡고 늘어질 때까지 입어도 되고 다른 옷에 비해 가격도 저렴한 편이고 겉옷으로도, 카디건이나 스웨터 안에 입을 수도 있고. 대개 한 장쯤 갖고 있는 데는 이 같은 이유가 있을지 모른다.

야콥 하인의 소설 『나의 첫 번째 티셔츠』에 이런 단락이 나온다.

내가 기억할 수 있는 한에서 내 첫 번째 티셔츠는 노란색이었다. 노란색 티셔츠, 처음부터 너무 많이 빨아서 퇴색된 것처럼 보이고 형광빛이 났으나 그것은 나중엔 사라져버렸다.

티셔츠에 관한 기억을 통해 작가는 동독에서 보낸 유년의 경험을 냉소적이면서도 유머러스하게 그린다. '나는 어디서 출발했을까?' 하는 근본적인 질문과 함께. 문득 나의 첫 번째 티셔츠는 어떤 것이었을지 궁금해지지 않나.

티셔츠를 입은 가족들, 수선한 옷을 입고 있는 아버지를 밥상 앞에서 보고 있자니 올가을에 가게 될 도시에서도 티셔츠 몇 장 사와야겠다는 마음이 든다. 하지만 잠깐만. 어떤 물건이 만들어지고 사용되다 버려지기까지를 보여준 책『물건 이야기』의 내용이 떠오른다. 티셔츠 한 장이 생산되기 위해 필요한 물의 양, 노동의 양 그리고 인권 문제까지. "환경의 정의를 다시 썼다"는 찬사를 받은 이 책의 저자가 티셔츠에 관해 한 말을 요약하자면 이렇다. 새 옷을 사기 전에 지금 입고 있는 티셔츠를 소중히, 입을 수 있을 때까지 입으라고.

티셔츠 이야기를 하다 보니 좋아하는 가수 버디Birdy의 〈티셔츠〉라는 노래도 생각난다. "나는 아침의 절반 동안 당신이 잠잘 때 입었던 티셔츠를 생각하고 있어요." 존 그린의 장편소설『잘못은 우리 별에 있어』가 원작인 영화 〈안녕, 헤이즐〉에서 두 청춘 남녀가 서로를 그리워할 때 흘러나왔던. 그들이 주고받았던 대사도 떠오른다.

사람들은 나를 기억해줄까?

우린 이 세계에 어떤 흔적을 남길 수 있을까?

사람들이 입고 있는 티셔츠에 새겨진 그림과 문장 들을 유심히 보게 된다. 에코백처럼 거기에도 어떤 개인적 메시지가 담겨 있는 것 같아서. 다시 보니 아버지의 티셔츠는 그 안에 숨겨진 '진정한 비용'에 대해 떠올리는 내게 이렇게 말하고 있는 듯하다. 아직 괜찮다고.

느긋하게 ...... 뒤집개

벌써 한 열흘 전부터 같이 점심을 먹을 때면 어머니는 동네 재래시장에 대목장을 보러 나온 사람들이 얼마나 많은지 배추 값이 얼마나 뛰었는지, 한 이야기를 하고 또 한다. 나는 차례 음식은 한 접시씩만 하고 요즘 구경도 하기 어렵다는 비싼 시금치 대신 부추를 데쳐서 상에 올리고 햇김치로는 열무김치를 담그는 게 좋겠다고 쌀쌀맞게 조언하지만 어머니는 내 말을 귀담아듣지 않는다. 명절이나 제사를 앞뒀을 때 우리 집에서 가장 힘이 세지는 사람이 어머니다. 오늘은 아버지까지 앞세워 의기양양하게 시장으로 향하는 모습을 보니 시금치도 사고 배추도 여러 통 사실 모양이다. 추석이라고 나이 든 부모는 장을 보러 나가는데 나는 식탁에 턱 하니 앉아 일간지들을 펼쳐놓고 읽는다.

194

생선전, 고구마전, 애호박전, 새우전, 깻잎전, 동그랑땡까지, 재료 준비는 냉장고에 다 돼 있을 거고 손질해서 부치는 일만 남았다. 주방기구로는 프라이팬과 요리용 긴 젓가락 그리고 뒤집개가 있어야겠지. 작업실에는 손잡이에 열전달이 덜 되는 실리콘 제품을 갖다놓고 쓰지만 집 부엌에서 어머니가 사용하는, 손잡이까지 전체가 스테인리스로 된 구식 뒤집개도 괜찮다. 곤란한 건 필요한 순간에 뒤집개 같은 도구를 찾아볼 수 없을 때.

하성란 작가의 단편 「옆집 여자」에 보면 이사 온 옆집 여자가 저녁 시간에 주인공 집으로 뒤집개를 빌리러 오는 장면이 나온다. 처음에는 뒤집개 하나를 빌리면서 시작된 이야기는 그 후 어떻게 전개될 것 같은가? 뒤집개를 들고 프라이팬 앞에 서 있을 때면 이 소설이 떠오른다. 뒤집개 같은 사소한 물건으로도 부조리해져버리는 일상의 단면을 보여줄 수 있는 게 바로 작가의 힘이 아닐까 생각하면서.

베를린, 상하이, 버클리, 로마의 아파트들과 숙소에서 세계 작가들과 함께 혹은 혼자서 몇 달씩 체류할 때마다 빠뜨리지 않고 구입했던 물건들 중 하나가 뒤집개다. 공동 부엌이든 혼자 쓰는 부엌이든 저녁은 채소를 채 썰어 전을 부쳐 먹곤 했는데 그게 의외로 다른 거주자들에게도 인기가 있었다. 같이 저녁을 만들어 먹는 날이나 각자 한 가지씩 음식을 준비해 가야 하는 날이면 그때그때 사정에 따라 전을 부쳤다. 오징어나 새우가 있으면 훨씬 맛있겠지만 그런 재료까지 갖추고 지낼 틈은 없다. 그저 양파나 서양 호박 같은 채소만으로. 특히 채식주의자 알렉산더가 전을 무척 좋아했는데 반제 호수 앞 작가의 성에서 살다 헤어진 몇 년 후 이메일을 보내왔다. 채소 전 레시피를 좀 알려달라고. 그사이 결혼을 했는데 남편도 채식주의자라고. 레시피랄 게 따로 있나. 필요한 건 지금 키친에 있는 채소와 약간의 오일과 소금 그리고 팬과 뒤집개뿐이지. 마늘을 좋아하면 조금 다져 넣고. 농담처럼 답장을 보내는데 스패출러 말고 뒤집개를 뜻하는 영어 단어가 혹시 또 있을까 싶어서 사전을 찾아봤던 생각이 난다.

내가 살았던 여러 도시의 키친들에서 간단하고 손이 많이 안 가는 음식들을 만들어 맥주나 와인과 먹고 마셨다. 공동생활을 한 숙소에는 대개 정원이 딸려 있었는데 해가 질 무렵이면 여우 울음소리가 들렸고 기온이 빠르게 내려갔다. 그릇과 몇 개의 조리 도구들을 씻어놓고 방으로 돌아와 문을 잠그고 나면 막막해졌다. 무엇을 해야 할지 무엇을 써야 할지 몰라서. 작가의 자격으로 간 장소마다 처음부터 다시 시작해야 한다는 의기소침이 너무 무겁기도 했나. 아무것도 한 게 없는데 집으로 돌아가야 할 시간만은 반드시 돌아왔다. 살던 곳을 떠나올 때 나는 키친에다 싸고 볼품없어 보이는 뒤집개 하나씩을 걸어두고 왔다. 누군가에게는 쓸모가 있었을까.

지금까지 '남성'에게 받은 잊을 수 없는 선물들 중에 조셉조셉의 키친 툴 6종 세트가 있다. 그중 한 가지는 물론 뒤집개.

그저 좋아해서 요리에 관한 책도 100여 권 넘게 갖게 있다. 그중에 키친을 소개한 책이나 조리 도구에 관한 책들도 여러 권이다. 사진이 시원시원하고 간간이 레시피나 살림법도 소개된. 전문가들의 키친이란 무척 근사한 데다 실용적으로 보인다. 원목 테이블을 짜 넣은 다이닝 룸, 메탈 냉장고, 전기호브 오븐, 그릇 진열장, 타일로 상판을 덧댄 아일랜드, 빈티지 그릇들, 주물 냄비들 그리고 뒤집개. 어떤 키친에도 하나씩은 있다. 걸려 있거나 꽂혀 있거나. 한 전문가의 조리 도구 활용법에 의하면 뒤집개는 달걀지단처럼 얇고 달라붙기 쉬운 음식을 요리할 때는 팬의 바닥이 긁히지 않도록 실리콘 뒤집개를 쓰는 게 좋고 보통 쓰는 스테인리스 뒤집개는 앞부분이 약간 들려 있으면서 사이사이 구멍이 뚫려 있는 게 음식을 뒤집기 좋다고 한다. 개인적으로는 둘 다 괜찮다. 손에 익기만 하면.

장을 보고 돌아온 부모는 각자 안방과 작은방에서 혼곤히 낮잠에 빠졌다. 어머니는 벌써 큰일을 치른 얼굴이다. 지금처럼 언제까지나 곁에 있어주진 않겠지. 일간지는 다 읽었고 바쁜 일도 없고 빈 거실에 선풍기가 털털 돌아가는 오후. 이제 내 역할을 할 시간이다. 자, 그럼 시작해볼까. 손을 깨끗이 씻고 앞치마를 두른다. 전을 잘 부치는 팁이 있다면 느긋하게 부쳐야 한다는 것. 아무래도 이런 날은 선물 받은 최신형보다는 어머니의 오래된 스테인리스 뒤집개가 더 편하다. 팬에 기름을 두르고 달걀물 입힌 동글동글한 호박을 올린다. 어쩌다 마음이 사나워져 있을 때라도 뒤집개를 들고 불 앞에 서 있는 순간에는 그러지 않으려고 한다. 그 뒤집개가 닿은 음식을 먹을 사람이 바로 가족이고 가까운 이들이니까.

잘 알지는 못하지만

...... 빨래집게

앞집 아주머니는 대문 옆 1층 출입구에 '○○옷수선'이라는 간판을 내걸었다. 주인아저씨가 집을 나간 지 1년쯤 지났을 무렵이었다. 동네일에 관심이 많은 어머니 말에 의하면 아저씨가 어떤 종교에 빠져서 집단생활을 하러 나간 모양이라고 했다. 주인아저씨가 돌보지 않는 앞집 옥상엔 더 이상 분꽃 나팔꽃이 피지 않고 상추 고추를 심는 사람도 없었다. 금이 간 욕조가 하나 있는데 잡초만 무성하게 자랄 뿐이다. 골목을 지날 때마다 앞집 아주머니네 가게를 유심히 보게 된다. 생계가 달린 일일 텐데 좁은 주택가 골목에 옷 수선을 맡길 손님이 몇이나 될까 싶어서. 유행이 지난 바지들을 꺼내 두어 번 수선을 맡겼다. 통이 넓은 부츠컷을 스키니로 수선한 솜씨는 나무랄 데가 없었는데 모범생 여학생 같아 보이는 아주머니는 취한 듯 말을 더듬고 희미하게 술 냄새를 풍겼다. 지팡이를 짚은 채 매일 운동 삼아 골목을 오가시던 그 집 할머니도 자리를 보전하게 됐다고 들었다.

그 집 옥상 양끝에 시멘트로 고정시킨 T자 모양의 빨래걸이가 있고 세 줄이나 매달아놓았다. 오래 쓴 수건들, 늘어진 속옷들, 학교 마크와 이름이 적힌 체육복과 교복, 러닝셔츠, 양말. 그런 남의 빨래를 어쩔 수 없이 보게 된다. 내 작업실 쪽문 바로 앞이 그 옥상이니까.

책상에 앉아 있다가 이따금 벌떡 일어나서 쪽문을 열고 나갈 때가 있다. 하늘이라도 올려다보면 좀 시원시원하게 글이 써질까 해서. 쉴 새 없이 집을 허물고 원룸들을 지어대는 통에 이제는 발돋움을 해도 관악산 연주암은커녕 그저 절반쯤의 하늘만 볼 수 있을 따름이다. 아쉬운 대로 그렇게 바깥 공기를 쐰다. 옥탑 벽 앞에 간신히 자리를 만든 앞집 빨랫줄은 비어 있는 때가 더 많다. 빨랫줄이 세 줄이나 돼서 그런지 빨래집게도 많이 걸렸다. 바람이 불면 바람개비처럼 빨래집게도 살짝살짝 흔들리는 게 서너 걸음 앞에서 보인다. 색색의 빨래집게들. 저무는 빛을 받아 빛과 그림자를 드리울 때의, 작은 항아리가 몇 개 놓인 고요한 옥상과 거기에 생기를 불어넣어주듯 나란히 줄지어 매달린 노랑 초록 분홍의 빨래집게들.

나는 날마다 빨래집게를 완상玩賞한다.

그것은 비어 있는 순간에라도 공기를 꽉 붙들고 있는 듯하다.

그 장면을, 어쩐 일인가 나는 사진을 한 장 찍어두었다.

　오다이바 국제전시장 센터에서 공원에 절반쯤 묻힌 듯한 빨간색 톱 모양 조각품, 샌프란시스코 린콘파크에서 큐피드의 날개 그리고 청계천에서 20미터나 되는 소라탑을 보았을 때도 그 작품들을 만든 작가가 클래스 올덴버그라는 사실이나 그에 관해 별로 아는 게 없었다. 관심이 생긴 것은 〈옷핀〉이라는 조각과 필라델피아 시청 앞 조각 〈빨래집게〉를 미술책에서 본 후다. 클래스 올덴버그의 빨래집게를 보는 순간 두 가지 면에서 감탄했다. 우선 빨래집게나 옷핀 같은, 눈에 띄지도 않는 일상의 사물을 공공장소에 둠으로써 발생시킬 수 있는 해석에 대해서, 다음엔 나처럼 팝아트에 문외한이었던 사람에게 그 의미를 순식간에 깨닫게 해주었다는 점에. 그러고 나자 의문이 생겼다. 어떤 사물은 왜 예술이 될 수 있고 어떤 것은 아닌가. 예술과 예술이 아닌 기준은 무엇일까.

　옷핀, 볼링핀, 빨래집게, 톱이나 망치 등의 연장들처럼 대량 생산되었을 사물들은 '유일한' 것이라고 보기 어렵다. 그렇게 되기 위해서는 내 생각이지만 두 가지 조건이 이루어져야 할 듯싶다. 사물이 예기치 못한 뜻밖의 장소에 놓여 있으면서 그것을 발견한 사람에게 어떤 생각과 정신적 환기를 줄 수 있어야 할 때, 그 일상적 사물은 예술과 '동등한' 위치로 끌어올려지며 중요성을 띠는 게 아닐까. 팝아트의 의미도 거기에 있을지 모른다. 늘 보던 물건에 다른 질문을 던지게 함으로써 새로운 관점을 느끼게 하는. 보다 대중적이며 재치 있고 때로는 익살맞은 방식으로 말이다.

당당히 예술 작품으로 대접받는 작은 사물들을 관람하는 즐거움이 커졌다. 개인적으로 그런 작품을 세울 수 있다면 어떤 사물을 어떤 장소에 선택할 것인가.

며칠 전 어머니와 오랜만에 앞집 이야기를 하게 됐다.

"할머니는 어떻게 지내신대?"

"돌아가셨대, 지난겨울에."

"엄마도 몰랐어?"

"몰랐지. 옆집인데도."

"아저씨는? 아직도 집단생활 하고 있대?"

"돌아온 게 벌써 언젠데."

"집에? 근데 한 번도 못 봤는데."

"거의 몰라볼 정도더라. 하도 맞고 와서."

"어디서?"

"어디긴 어디겠어."

"……."

"그럼 누워 지내시나?"

"한동안 그랬대."

"지금은?"

"집 나갔대."

"또?"

"그런 데 갔다 온 사람이 집에서 살 수 있겠느냐고. 시장에서 만났는데 아줌마가 그러더라. 모기만 한 소리로."

매일 작업실을 드나들며 그 집 옥상을 보고 있다고 생각했는데, 할머니 빨래가 사라진 것도 고등학생 아들 옷 사이에 주인아저씨 옷들이 걸려 있는 것도 알아보지 못했다. 그래도 앞집 옥상은 변한 게 없어 보인다. 싱싱한 잡초가 자라는 욕조가 있고 아마도 된장 고추장이 들었을 작은 항아리 몇 개, 세 줄이나 되는 빨랫줄에 색색의 빨래집게가 대롱대롱 달려 있다. 아주머니는 빨래 걷는 일을 자주 잊어버리긴 하지만 밤중에라도 꼭 걷는다. 빈집에 남겨진 빨래집게 같은 걸 본다면 약간 슬프거나 으스스해지게 될까. 사람이 사는 데 여러 가지 것들이 필요하고 그중에는 빨래집게도 있어야 한다. 집이라는 데가 이외로 크고 각은 사물들로 구성된 세계가 맞다면.

오늘과 내일, 나는 날마다 빨래집게를 완상玩賞한다. 그것은 비어 있는 순간에라도 공기를 꽉 붙들고 있는 듯하다.

클래스 올덴버그는 자신의 작품에 너무 과장된 해석은 반대한다는 멋진 말을 남겼다.

멋있어 보일 때   ...... 앞치마

도쿄에 사는 동생은 시어머니가 생일 선물로 재봉틀을 사준 게 영 마음에 들지 않는 모양이다. 그 시어머니는 본인의 옷은 물론 재봉틀로 손녀 인형 옷도 만들고 사돈인 내 실내복도 만들어주곤 한다. 동생이 살림에 취미가 없다는 사실을 이제 아실 텐데도 마흔 살 생일 선물로 현대식 미싱을 고른 것이다. 나라면 고맙습니다, 하고 즐겁게 받았을 텐데.

미싱을 한 대 사야겠다고 생각한 지가 꽤 되었는데 아직 실행에 옮기지 못하고 있다. 컵 받침이나 스카프, 쿠션 커버 등속은 만들어서 쓰고 싶다. 사실 욕심은 옷을 만들고 싶다는데 있지만.

동생이 사는 맨션을 나오면 닛포리 역 쪽으로 '천의 거리fabric street'가 시작된다. 그야말로 각종 옷감과 단추, 레이스, 가죽 등을 전문으로 파는 상점들이 몇 킬로미터쯤 이어져 있고 패션 사업에 종사하는 사람들이 세계 각국에서 몰려온다. 가죽 상점에 보자기만 한 강렬한 빨강이 걸린 것을 보았다. 재봉틀을 익숙하게 사용할 수 있다면 필통이나 작은 손가방을 만들면 좋을 텐데. 어쩐지 그건 주방에 처음 들어가는 초보자가 프로의 칼을 손에 쥔 것과 같지 않을까. 일단은 자투리 천으로 연습부터 하자.

뭐부터 만들어볼까 고민할 필요도 없이 떠오른 건 앞치마다. 그냥 직사각형으로 만들고 양 끝에 묶을 수 있는 끈을 달면 될 테니까. 서툴지만 주머니도 하나 달았다. 처음 만드는 것치곤 괜찮아 보였다. 배워본 적은 없는데 재봉틀을 사용해서 뭔가 만드는 일이라면 제대로 해낼 수 있을지도 모른다는 짐작도 든다. 고3 진로 상담 때 의상학과에 가고 싶다고 했다가 담임선생님께 출석부로 머리를 한 대 탁 맞았다. 이 녀석아, 그 성적으로 어딜!

미색 옷감에 약간 알록달록한 무늬가 섞인 그 앞치마를 트렁크에 넣고 집으로 돌아왔다. 벌써 한 3년 전 일이다.

내가 강의하는 S대학의 문예창작학과는 소설창작 수업이 3학년 때 모두 끝난다. 다시 말하면 소설을 쓰고 싶어도 4학년 때는 수강할 과목이 없는 셈이다. 수업을 하는 사람의 입장에서는 아주 맥이 빠지는 일이다. 궁리 끝에 소설 수업을 다 수강하고 4학년이 되었거나 졸업한 제자들을 모아 동아리를 만들어 한 달에 한두 번씩 합평 모임을 하고 있다. 지난 스승의날에 그 동아리에서 꽃다발을 받았다. 동아리 반장 남학생은 쇼핑백 하나를 주었다. 수업해줘서 고맙다고, 어머니께서 만들어주신 거라고 했다. 셔츠에서 바지 그리고 겨울 외투까지 그 학생이 입고 다니는 근사한 옷들은 모두 어머니가 재봉틀로 만들어주는 걸로 유명하다. 내가 큰 것은 안 받을 테니 앞치마 같은 게 좋겠다고 모자가 결론을 내린 모양이다.

집에 와서 봉투를 풀어보곤 한참 웃었다. 아마도 목사 사모인 그 어머니와 아들이 이런 대화를 나누었겠지. 선생님은 어떤 디자인을 좋아하시니? 단순한 거요. 어떤 색깔을 좋아하시니? 까만색요.

까만색 앞치마를 선물 받았다. 까만색 레이스까지 달린.

셋째 조카가 4학년 때 일이다. 가족들이 잠든 사이에 내일 조카들에게 먹일 우유식빵을 구울 준비를 하고 있었다. 쉬가 마려워서 깬 조카가 눈을 비비며 감탄하듯 나에게 말했다.

"큰이모, 지금 진짜 멋있어 보인나!"

"……뭐가?"

"앞치마 입은 모습이."

조카랑 10년을 같이 살았는데 멋있어 보인다는 말은 그때 처음 들었다. 여느 때처럼 헐렁한 티셔츠에 추리닝 바지 차림일 뿐인데. 아이는 다시 곤히 자러 들어갔다. 밤의 환하게 불 켜진 식탁, 밀가루, 우유, 계량컵, 올리브오일, 꿀 그리고 앞치마를 입은 채 밀가루를 체에 내리고 있던 큰이모. 조카가 성장했을 때 그 밤의 순간이 따뜻한 한 장면으로 기억될 수 있다면 좋겠지. 하긴 그게 누구여도 앞치마를 두른 사람은 멋있어 보이지 않나.

앞치마에 쓸 수 있는 동사는 그러니까 '두르다' '입다' '벗다' '가리다'. 문득 호기심이 일어서 '두르다'를 국어사전에서 찾아보았더니 이렇게 나와 있다. "띠나 수건, 치마 따위를 몸에 휘감다." 그냥 감는 것도 아니고 휘감는 거구나. 그럼 휘감다와 감다는 어떤 차이가 있을까? 휘감다는 "어떤 물체를 다른 물체에 감거나 친친 둘러 감다". 감다의 뜻도 휘감다와 똑같다. 다만 '친친'이라는 부사만 빠져 있고. 우리말에서 부사가 주는 말맛은 역시 크다.

따로 살게 된 조카들이 자주 우리 집(외갓집)으로 놀러 오는 통에 나도 빈번히 앞치마를 두르고 토마토소스를 만들고 피자를 굽고 카프레제 샐러드를 만든다. 이제 앞치마는 제자 어머니가 만들어주신 것까지 두 개나 된다. 그 까만 앞치마를 두를 때마다 저절로 기도하게 된다. 유방암으로 투병 중이신 제자의 어머니가 어서 회복하기를.

되돌이 산 . . . . . . 접시

식품 매장만 둘러볼 요량으로 집 근처 백화점에 갔다. 중국
식당에서 어머니 칠순 잔치를 하고 2차 모임은 집에서 하기로
했으니 마른안주라도 준비해놓고 싶어서. 다른 층은 가지 말
아야지, 했는데 나도 모르게 주방용품을 파는 매장으로 올라
가고 말았다. 체코에서 생산된 한 식기 브랜드에서 입점 기념
할인 행사를 하고 있었다. 다양한 양파꽃 패턴의 코발트블루
접시들 앞에서 서성거리다가 파스타나 볶음밥을 담기에 적당
한 다목적용 접시 한 장을 사버렸다. 내일 손님들도 오니까,
라는 핑계로.

계몽사에서 출간된 소년소녀 세계동화전집 중 일본 동화
편에 수록된 「되돌이 산」이라는 짧은 이야기를 나는 자주 떠
올리고는 한다.

가난한 마을에 손님을 맞거나 잔치 때 필요한 그릇이나 접시를 빌려주는 신비한 산이 있었다. 빌려 가면 반드시 그 산 입구에 그릇을 가져다놓아야 한다. 어느 날 욕심 많은 동네 사람이 아름다운 그릇을 돌려주지 않으면서 다른 사람들이 곤란에 처하고 되돌이 산이 약속을 지키지 않은 데 대해 일종의 벌을 내린다는 이야기. 내 기억에 의하면 이런 줄거리인데 사실과 다를 수도 있겠다. 그 전집을 먼 친척에게 물려주고 후회한 지 20년도 넘었으니까. 어쨌거나 약속을 지키고 신뢰 관계를 깨뜨리지 않는 게 중요하다는 점은 그 유년 시절 「되돌이 산」이라는 동화로 배운 느낌이다. 지금의 눈으로 다시 읽는다면 그저 피식 웃고 말지도 모르지만. 그럼에도 머리에 수건을 두른 어머니와 활짝 웃는 남매가 산 입구에 나란히 선 채 접시들을 손에서 손으로 옮기던 일러스트까지 생생하게 떠올릴 수 있다. 그 가족이 접시에 어떤 음식을 만들어서 담을까? 아마 그런 상상도 하며 읽었겠지.

주방 서랍장을 열어보니 접시들이 꽤 있다. 어머니 말에 따르면 37년 전엔가 금성전자에서 잠깐 수출을 목적으로 만들었다가 직원들에게 저렴하게 팔 때 구입했다는 연한 갈색의 크고 튼튼한 돌접시들, 네 시간을 보내야 했던 헬싱키 반타 공항에서 조카들 주려고 고른 무민 캐릭터 핀란드 접시들, 상하이작가협회 초청을 받아 간 숙소에 변변한 식기가 하나도 없어서 길 건너 까르푸로 달려가 산 흰 접시들. 그런데도 쓸 만한 게 없다는 기분이 든다. 옷이 있는데도 막상 입고 나갈 게 없을 때처럼.

코발트블루 새 접시에 붉은 토마토와 모짜렐라 치즈를 썰어서 얌전히 담고 싱싱한 바질 잎도 몇 장 따서 올렸다. 손에 닿는 느낌도 좋고 운두도 적당하다. 수년째 잘 쓰고 있는 넓적스름한 상하이 접시에는 나초칩과 미리 만들어둔 살사소스를 담아 어머니 칠순에 모인 친척들에게 내놓았다. 차린 안주도 없는데 새 접시 한 장 때문인지 상차림이 괜찮아 보인다. 하긴 사이즈가 넉넉한 멋진 접시 한 장만 있으면 찐 고구마 한 개 올려놔도 그럴듯해 보이지 않나. 칠순의 내 어머니는 고량주 다섯 잔에 취해서는 엄마가 보고 싶다고 울었다. 엄마가 열일곱 살 때 돌아가신 외할머니가. 원래 잔치라는 게 주인공은 취하고 울고 그런다는 걸 알 리 없는 당황한 조카들에게 눈을 찡긋해 보이곤 어머니를 안방에 눕히고 거실과 주방을 부지런히 오가며 접시들이 빌 때마다 안주와 음식을 담는다.

한때는 다 새것이었어도 어떤 접시는 오래 쓰고 어떤 접시는 얼마 쓰다 손 닿지 않는 곳으로 넣어버리는 데는 이유가 있는 것 같다. 접시를 고를 때 나는 이런 점을 잊지 않는다. 빈 접시 그 자체로 보기 좋은 게 음식을 담았을 때도 꼭 그러란 법이 없다는 것을. 개성이 강하고 디자인이 특이한 접시일수록 내용물을 채웠을 때보단 그 자체가 나아 보인다. 눈에 띄지 않는 거였어도 뭔가 담았을 때 그것을 돋보이게 하는 접시가 있다. 덥석 사버리기 전에 빈 접시를 손에 들고 떠올려본다. 그 안에 무언가를 담았을 때 어때 보일지. 내용물이 찼을 때와 비었을 때 그 자체로 은은한 개성을 가진 데다 가격도 적당한 접시를 발견하는 건 뜻밖에도 쉽지 않다.

식자재나 그릇 거리로 잘 알려진 도쿄 갓파바시 도구에 '전원田園'이라는 그릇 가게가 있다. 그 집에서 노점에 내놓고 파는 그릇들도 1~2층의 진열이 잘된 그릇들처럼 훌륭하고 신뢰할 만하다. 지난해에도 키 작은 꽃을 관찰하듯 상점 앞에 쭈그리고 앉아 흰 바탕에 약한 푸른색이 방사형으로 프린트된 우묵한 접시 두 개를 골라 왔다. 음식을 담았을 때도 풍부해 보이고 다 먹고 깨끗하게 비었을 때도 그래 보인다.

'버터핑거스butterfingers'라는 말을 들으면 나는 좀 겸연스러워진다. 버터를 바른 듯 미끌미끌한 손. 물건을 자주 떨어뜨리거나 실수로 그릇을 깨뜨리는 사람을 그렇게 놀리기도 하는데 나도 자주 그러니까. 아무리 마음에 들고 멋진 접시가 있어도 눈으로 보고 말 때가 대부분이나. 씬난느 도자기 회사

아라비아의 '루노Runo' 접시를 봤을 때는 그 제품이 가진 의미에 끌렸다. 핀란드어로 시詩를 뜻하는 루노는 네 장이 한 세트로 구성돼 있으며 여백을 활용한 접시에는 각각 사계의 시가 담겨 있다고 한다. 새싹의 봄, 꽃의 여름, 붉게 물든 가을, 시들어가는 겨울. 그런 접시라면 일상용품이 아니라 작품처럼 느껴진다. 전시할 서랍장도 없는데 잘됐다. 작품 같은 접시는 보는 것만으로 만족. 접시에 관한 한 내 취향은 분명하다. 애지중지해야 하기보단 만만하게 아무 때나 쓰고 싶은 때 꺼내 쓸 수 있는 것으로. 게다가 나는 버터핑거스를 가진 사람이니까.

자칫 손에서 미끄러져버리기 쉬운 접시같이 신뢰라는 건 늘 소중히 여기지 않으면 안 된다는 것을 잘 아는 나이가 되었다. 물론 이 세상 어디에도 '되돌이 산'은 없다는 사실 또한. 그래서 밥과 면을 담을 수도 있고 나물 한 가지, 무심히 사과 몇 개를 올려놓아도 보기에 좋은, 넉넉한 생활의 접시를 가끔은 충동구매 하는 것인지도.

사족이지만 이참에 50권짜리 계몽사 소년소녀 세계동화전집을 구해볼까 하고 단골 헌책방에서 찾아보다 가격에 깜짝 놀라고 말았다. 갖고 싶어도 너무 비싼 물건은 우선 단념. 그 책이 없다고 해서 그걸 읽은 시절이 사라지지는 않을 테니까.

제대로 관리하고 싶으니까   ...... 구두약과 솔

언젠가 아버지는 나에게 당신 이야기는 더 이상 글로 쓰지 말아달라고 했다. 내가 써왔던 가족 이야기가 알게 모르게 아버지께 상처가 되었던 모양이다. "네, 그럴게요" 했다. 물론 그 후로 아버지 마음을 상하게 하거나 아버지가 드러내고 싶어 하지 않는 일화는 쓰지 않았다. 오늘은 조금 다른 이야기니까 써도 되겠지. 그래도 될지 모른다. 아버지는 더 이상 내 글을 읽지 않으니까.

사람은 항상 깨끗한 신발을 신고 다녀야 한다고, 아버지는 우리가 대문 밖을 나갈 때마다 강조했다. 지금도 잊을 수 없는 아버지의 가르침은 크게 세 가지인데 무슨 일을 하든 첫 단추를 잘 꿰어야 한다는 것과 신문을 읽어야 한다는 것 그리고 바로 신발에 관한 것이나. 세 자매의 운동화, 실내화를 화창한 주말마다 안창까지 깨끗하게 손빨래해서 마당이나 옥상에 널어주던 사람이 아버지였다. 아버지 자신의 운동화, 구두는 물론이고 네 가족의 신발을 거의 매일 닦고 손질했다. 자매들이 성장하여 직장에 다닐 때는 아침이면 반짝반짝 빛나는 구두들이 현관 앞에 나란히 놓여 있었다. 까만 에나멜 구두라면 정말이지 앞코가 반짝거리다 못해 보석처럼 빛이 나기까지 했다.

아버지는 거실에 신문지를 깔고 앉아 구두를 닦는다. 먼저 구둣솔로 먼지를 한차례 가볍게 닦아낸 후 구두에 영양분을 주듯 말표 구두약을 바른다. 그다음엔 광을 낼 차례. 융이 떨어지면 가족들의 헌 속옷을 잘라 검지와 중지에 팽팽히 감곤 쓱싹쓱싹 문지르기 시작한다. 주름진 곳이나 틈새, 굽의 흠집 난 데까지 꼼꼼히. 광이 나면 물 한 방울을 떨어뜨려 다시 문지른다. 마지막 과정인데, 그게 바로 구두를 잘 닦는 노하우인 걸까. 영화 같은 데서 구두 닦는 사람들이 마지막에 침을 뱉어 닦았던 이유도 거기에 있나 보다. 실제로 물이 구두약을 코팅해주는 역할을 해서 습기가 스미는 것을 막는 효과가 있다는 사실을 알게 된 건 구두 손질로 유명한 하세가와 유야의 책을 통해서였다.

동영상으로 하세가와 유야가 구두를 닦는 장면을 본 적이 있다. 손질하는 속도가 느리면 구두에 얼룩이 진다고 한다. 슈샤인 마스터shoeshine master의 손놀림은 그야말로 빠르고 시원했다. 싹싹 슥슥, 순식간에 때를 털어내고 문지르고 닦는다. 손질이 끝난 구두는 진열장에서 금방 꺼낸 구두 같다. 프로페셔널하게 구두를 닦는 사람, 뭔가 무척이나 멋져 보였다. 10년, 50년 동안 구두를 신는 것을 목표로 손질을 한다고 하니 더욱더.

구두를 좋아하는 데다 한번 산 구두는 오래 신고 싶기도 하고 손질하는 프로의 솜씨를 배워보고 싶어져서 『구두 손질의 노하우』를 찾아 읽었다. 앞부리, 구두창, 안감, 뒷굽같이 알던 단어 말고도 구두의 각 부위 명칭부터 흥미로웠다. 구두창을 제외한 나머지 부분은 갑피, 구두끈을 매는 구멍이 있는 부분은 페이싱, 구두의 너비를 뜻하는 웰트, 발등을 감싸 먼지가 묻지 않게 하는 기능인 설포. 글 쓸 때 필요하기도 하지만 어떤 사물에 관한 정확한 명칭을 익히는 건 언제나 중요하게 느껴진다. 아무튼 구두에 관해 새로 알게 된 점은 하루 동안 우리 몸 전체를 지탱하는 구두가 흡수하는 땀의 양이 무려 반 컵이나 된다는 것. 그날 신었다면 다음 날 그 구두한테도 쉬는 시간을 줄 필요가 있어 보인다. 그래서 구두를 오래 신는 비결 중 하나는 최소한 세 켤레쯤 구두를 마련해서 번

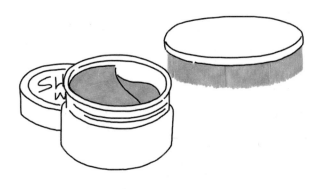

구두든 가방이든 무엇이나 제대로 관리하면
생각보다 오래 쓸 수 있다.

갈아가며 신는 거라나.

　로마에서 체류할 때 동네 잡화점에 자주 갔다. 겨울이었고 나는 두 켤레의 굽이 낮은 부츠와 걷기 좋은 컴포터블 슈즈를 한동안 손질하지 못한 채 신고 있었다. 손질하지 않은 신발을 신고 나갈 때면 이상하게 위축되고 그러니 걸음걸이까지 자연 주춤주춤해져버렸다. 반짝반짝한 신발을 신고 막 집을 나설 때와는 정말 다르다. 손질할 도구가 없어서 임시방편으로 핸드로션을 발라 티슈로 대충 문질러봤지만 소용도 없었고. 그 잡화점에서 프레스티지 상표의 검은색 크림(그때는 그게 좋은 제품인지도 몰랐는데 『구두 손질의 노하우』에 소개된 걸 보고 놀랐다. 값도 무척이나 저렴했는데)과 작은 솔 하나를 샀다. 돌로 마감된 차가운 거실 바닥에 부츠를 싸온 신문지를 펼쳐놓고 닦았다. 솔 하나로 먼지도 털고 크림을 바른 후에는 그걸로 또 문지르고 구석구석 닦았다. 물이 새기 시작한 갈라진 구두창만은 어쩔 수 없었지만 그 정도로도 먼지와 주름투성이였던 세 켤레의 까만 구두가 아, 이제 좀 살 만해진 것 같아, 라는 표정으로 바뀐 듯 보였다. 집으로 돌아가면 내내 갖고 싶었던 슈트리를 꼭 장만해야겠다고 그때 결심했다. 그 잡화점에서 손에 들었다 놨다 한 슈트리는 너도밤나무로 만들어졌고 웬만한 구두 한 켤레와 맞먹는 가격이었다.

가끔 북마크로 추가해둔 구두 수선 전문 사이트에 들어가 본다. 향나무, 삼나무, 적향나무로 만들어진 슈트리를 구경하고 원목으로 만들어진 슈케어 박스를 홀린 듯 바라보곤 한다. 구둣솔, 영양크림, 돈모 브러시, 광택용 왁스, 융 같은 기본 구성품이 세트인 슈케어 박스는 여배우의 화장도구 상자 같다. 아닌 게 아니라 구두 손질의 장인도 "구두를 손질하는 순서는 화장하는 법과 비슷하다"라는 말을 했다. 먼저 먼지를 털고 크림으로 수분과 유분을 보충한 후 광을 내는 것. 화장을 하고 구두를 손질하기 위해선 일단 부지런해야 하겠지.

지금은 슈트리도 슈케어 박스도 돈모 구둣솔도 클리너도 없다. 아버지의 상자에는 오직 밤색과 검은색의 말표 구두약, 캥거루 구두약과 두 개의 구둣솔 그리고 내가 산 프레스티지 검은색 크림이 있을 뿐이다. '기본 손질법' 필수 도구를 다 갖추려면 시간이 좀 걸리겠지만 언젠가 스스로 잘 골라 갖춘 슈케어 박스를 하나 갖고 싶다. 그거라면 아버지도 좋아하시지 않을까.

가끔 지우개를 다른 용도로 사용하곤 하는데 그중 하나가 슬립온이나 스니커즈 테두리 고무창을 닦을 때다. 며칠만 신어도 흰 테두리에 때가 묻는데 지우개로 문지르면 효과가 있다. 구두 가게 점원이 알려준 팁이다. 책에는 물에 적신 천에 주방 세제를 묻혀서 때가 탄 고무창을 문지르라는 대처법이 소개돼 있다. 한번 시도해보시기를. 구두든 가방이든 무엇이나 제대로 관리하면 생각보다 오래 쓸 수 있겠지.

잘 손질한 구두를 신고 정기적으로 어딘가 나갈 수 있는 생활을 꿈꾼 적도 있었다. 나한테는 이루어질 수 없는 꿈이라는 걸 일찌감치 깨닫게 됐지만 말이다.

그러나저러나 아버지, 작업실 갈 때는 슬리퍼 끌고 가야 하거든요, 대문 밖을 나가는 거래도 그런 건 참, 잘 손질해서 신기가 어렵습니다.

무뎌서는 안 된다 ......가위

넉 달 동안 살게 된 유시빌리지에 도착하고 보니 가구는 일
체 없었고 화장실에도 두루마리 휴지 하나 보이지 않았다. 버
클리대학 관계자와 당장 필요한 이불과 매트리스, 책상, 의자
를 사러 자동차를 타고 이케아로 갔다. 아무것도 없는 거실은
휑하고 넓고, 그야말로 젠 스타일에 가까워 보였지만 그날 밤
부터 거주하긴 어려웠다. 하룻밤 다른 집에서 신세를 지고 그
다음 날부터는 '트레이더 조'와 '세이프 웨이'를 돌며 빈 냉장
고를 채우고 배달된 가구들을 조립하느라 며칠을 보냈다. 그
시간 동안 나는 여러 번 고개를 갸웃거리곤 했다. 비록 조립
상태가 좋지 않아 흔들흔들하지만 책상도 의자도 있고 집에
서부터 가져온 노트북도 있고 가방에 언제나 노트와 필통도
들어 있고, 다행히 주방에는 부엌칼도 하나 있는데 더 무엇이

부족한 거지? 라는 의문이 계속 떠나지 않았다.

한국학센터의 다이앤 조 선생에게 학교에서 집에 가는 방법, 집에서 학교 가는 방법, 바트를 타고 샌프란시스코 시내를 갔다 오는 방법을 배우고 난 후부터는 크게 시간을 다퉈 해야 할 일도 필요한 물건도 없는 느낌이었다. 그래도 여전히 무언가 부족한 느낌이 들어서 하루는 학교에서 나와 대로에 속하는 새틱 애비뉴를 따라 천천히 걸었다. 맛집과 크고 작은 상점들이 많은 거리였다. 무작정 북쪽으로 걸어 올라가다가 어느 좁은 골목으로 들어섰다. 눈에 띄지 않는 아주 작은 문구점이 보였다. 납작한 가죽 필통 하나에 5만 원도 넘게 파는 집이었다. 세계 각국에서 모아온 문구용품을 진열해놓고 종이를 고르면 수제 명함을 만들어주는 곳. 내 눈을 사로잡은 건 무광의 은빛 스테인리스로 만들어진 보통 크기의 가위였다. 엄지와 중지에 그 가위를 끼우고는 한번 자르는 시늉을 해보았다. 가벼운 데다가 손에 착 감기는 부드러움과 날렵함까지. 본체를 불소수지 코팅으로 처리해서 테이프를 잘라도 칼날에 달라붙지 않을 듯했다. 그 문구용 가위의 값은 12달러.

『궁극의 문구』를 쓴 작가의 말에 따르면 가위를 살 때는 "신발 고르듯" 자신에게 잘 맞는 제품을 선택해야 한다. 칼날 끝이 휘지 않으면서 서로 살 맞고 가위질을 해봤을 때 가볍게

224

되는 것으로.

저녁이 내려앉는 거리는 곳곳에 버락 오바마 얼굴이 프린
트된 티셔츠를 입은 사람들로 붐비기 시작했다. 44대 대통령
선거를 한 달 앞두고 있던 때라 버클리는 어딜 가나 오바마를
지지하는 문구와 포스터, 깃발 들로 화려해 보였다. 어디선가
재즈 연주 소리가 들려왔고 손에 피자 박스를 든 사람들이 인
도에서 선 채로 먹고 마시고 있었다. 나도 '치즈 보드'에 들어
가 오늘의 피자와 맥주 한 병을 주문했다. 저녁거리도 샀고
가방 속에는 며칠간 없어서 불편하기 짝이 없었던 가위 하나
도 샀으니 든든하기까지 했다.

파리 국립현대미술관에서 마티스의 색종이 전시를 관람한
적이 있다. 말년에 건강이 안 좋아진 마티스가 그림을 그릴 수
없게 되자 붓 대신 가위를 들고 작업한 일화는 잘 알려진 모
양이다. 그가 가위로 오려낸 종이들은 그의 대표작인 〈댄스〉
처럼 자유분방함과 순수함 때문인지 평면이라는 사실을 잊
게 했다. "가위는 붓보다 감각적이다"라는 그의 말을 증명하
듯, 가위로 오려낸 선마다 숨을 불어넣은 듯 느껴졌다.

사실 나는 꽤 여러 개의 가위를 갖고 있다. 버클리에서 사
온 가위는 이제 '인생 가위'가 되어 늘 작업실 책상에 올려두

었고 어디서 났는지도 모를 문구용 가위가 집 안 곳곳에 있으며 선물 포장을 할 때 필요한 핑킹 가위, 재봉 가위, WMF 주방 가위 그리고 어느 해 생일 선물로 받은 세워둘 수 있는 가위, 예민한 날을 가진 헤어 가위도. 그 헤어 가위로 조카가 세 살이었을 때 단발머리를 자르다가 자꾸만 커트처럼 짧아지는 통에 애가 탔었다. 세 살짜리야 아무것도 몰랐을 테지만. 그 후로 남의 머리카락에 손을 대는 일만은 하지 않는다. 한 선배한테 들은 말이 생각난다.

선배가 아이들을 데리고 유학을 가게 되었다. 외국에서 비싼 값을 내고 헤어숍에서 애들 머리를 자르느니 자신이 잘라주겠다는 계획을 세우곤 단골 미용사에게 머리 자르는 방법을 배웠다고 한다. 가위를 들고 인조 헤어를 자르는데 손이 부들부들 떨렸다고 했다. 잘못 자르면 어떡하나, 너무 싹둑 잘라버리면 어떡하나, 걱정도 그런 걱정이 없었다고. 한평생 그 일에만 종사했던 미용사가 담담한 소리로 선배에게 말했단다. "잘려나간 머리카락에 대해서는 더 이상 생각하지 마세요, 남아 있는 머리카락만 생각하세요." 남편을 두고 어린 두 아들만 데리고 유학을 떠나기 이틀 전에 만난 선배가 말해주었다. 잠깐 침묵이 흘렀다. 선배는 남은 와인을 다 비우고 일어났다. 우리 이제 남아 있는 시간만 생각하기로 하자. 네, 그래요 선배. 그런 눈빛을 주고받으며 작별 인사를 나눴다.

주말은 보통 초등학교 조카 둘과 시간을 보내는데 애들 눈높이에 맞춰 놀아주려면 무엇보다 부지런히 몸을 움직여야 한다. 조카들이 슈퍼마리오 등 작게 그린 캐릭터들을 책갈피로 만들겠다고 했다. 옛날 생각이 나서 내가 오려주겠다고 나섰다. 절삭력 좋은 가위를 엄지와 중지에 끼고는 곡선과 커브, 직선과 직선이 만나는 데, 레이스 끝단처럼 꼬불꼬불한 데도 섬세하고 깔끔하게 사사삭. 조카가 눈을 동그랗게 뜨고는 "큰이모는 어떻게 그렇게 가위질을 잘해?" 물었다. 저희들 엄마 어렸을 때 종이 인형들의 쬐그만 옷과 손발톱만 한 가방과 신발들을 몇 년 동안이나 오려주다 생긴 솜씨라는 걸 알 리 없겠지. 조카들은 내가 오려준 캐릭터 위에 펀치로 구멍을 뚫고는 끈을 달아 책갈피를 완성했다. 나는 종잇조각을 쓸어 담고 가위를 연필통에 세워두었다. 있을 땐 몰라도 없어보면 아쉽기 짝이 없는 것. 가위 말고도 그런 게 또 있겠지.

그리스의 비닐우산　　　　　　　······우산

태풍 피해 복구가 한창인 제주에서 며칠 머물게 되었다. 평생교육원에서 강연을 마친 당일 저녁만 제외하고 온종일 비가 오고 세차게 바람이 불었다. 늘 가방에 챙겨 다니는 3단 우산으로는 턱도 없어 크고 튼튼한 박쥐우산 하나 사야 하지 않을까 망설일 때는 또 잠깐씩 비가 그치고.

어머니가 하루 제주시로 내려왔다. 어딜 가나 인근 사찰 찾는 것을 즐거움으로 아는 분이라 떠나는 날 아침에 서둘러 관음사에 다녀오기로 했다. 변변한 우산도 없는데 택시가 고도가 높아지는 한라산 북쪽 기슭으로 접어들자 소강상태였던 비가 거칠게 쏟아지기 시작했다. 이 빗속에서 어쩌나. 혼자가 아니라 걱정이 배가 되었다. 관음사 입구에 도착했을 때까지도 비는 폭우처럼 쏟아졌다. 나이 지긋한 택시 기사가 그

비를 맞곤 트렁크 쪽으로 뛰어가더니 우산 두 개를 꺼내 그때껏 내릴 엄두를 못 내고 있던 우리에게 내밀었다. 우산을 빌려줄 테니 어서어서 다녀오라고.

튼튼해 보이는 파란 우산은 어머니께 드리고 나는 투명 비닐우산을 쓰고 돌길을 걸어 대웅전으로 올라가는데 아만다 생각이 났다.

상하이에 체류하고 있을 때 문학 행사나 모임이 없는 날이면 단짝이 된 그리스 작가 아만다와 시내 곳곳을 걸어 다녔다. 처음 신천지新天地에 가는 날이었나. 그냥 맞고 걸어 다니기에는 빗줄기가 굵어지자 아만다는 노점에서 투명 비닐우산을 하나 샀다. 그저 흔한, 1000원짜리 비닐우산이었는데 그걸 몹시 마음에 들어 했고 그 후로는 비가 오지 않는 날에도 패션 소품마냥 들고 다녔다. 그리스에는 없는 우산이며 비는 막아주면서도 투명해서 앞을 훤히 볼 수 있어 신기하다고.

각국에서 온 아홉 명의 작가 중 그녀가 먼저 떠났다. 혼자 짐을 꾸리는데 너무 쓸쓸하다고 아만다에게 전화가 와 칭따오 두 병을 들고 그녀 방으로 갔다. 포럼 발표 때 입었던 빨간색 원피스, 샌들, 책들. 그리고 그녀는 낡은 트렁크 안에 비닐우산을 넣으려고 안간힘을 썼다. 트렁크 길이는 우산 길이보다 짧았고 비닐우산은 접을 수도 없는데. 그냥 손에 들고 갈까? 어떻게 해야 이걸 집으로 가져갈 수 있지? 아만다가 안타까운 소리를 냈다. 보다 못해 나는 이렇게 말했다.

"아쉽겠지만 그걸 네 나라로 가져가진 못할 거 같아. 두고 가면 너만큼 내가 유용하게 잘 쓸게."

상하이를 떠날 때 나는 그 비닐우산을 숙소 현관 앞에 비스듬히 세워두었다. 누가 보더라도 이거 버리지 말고 계속 잘 좀 써주세요, 하듯 꼼꼼히 접어.

몇 개월 전부터 유방암 때문에 항암 치료를 받으러 다니는 아만다는 축 처지는 기분을 끌어올리려고 병원에 갈 때는 '옷을 잘 차려입고 화장도 하고 하이힐을 신고' 간다고 메일을 보냈다. 새 소설을 못 쓰고 있는 게 가장 힘들다고 그녀는 말했다. 긴 말줄임표를 붙인 채로. 그 소설 구상을 상하이에서 했고 우리는 틈이 날 때마다 그에 관한 이야기를 나누고는 했는데. 아만다의 이메일을 읽다가 그만 눈물이 나버렸다. 감정적이 될 때는 다소 쓸데없는 생각을 하는 것도 도움이 된다. 그래서 이런 후회를 했다. 그때 어떻게든 그 비닐우산을 아만다의 트렁크에 넣어줬다면 좋았을 거라고.

그때가 5년 전쯤이니까 어쩌면 지금은 아테네에서도 그 비닐우산을 쉽게 볼 수 있을지 모르겠다.

나두 갖고 싶은 비닐우산이 있다. 70년내, 내 룃의 우산 하나가 없어서 초등학교 때 자주 쓸 수밖에 없었던 하늘색 대나무 비닐우산. 손잡이 끝은 빨간색 얇은 비닐로 둘러싸여 있었던가. 바람이 불면 힘없는 비닐에서 펄럭거리는 소리가 났지만 그래도 살과 우산대가 대나무라는 건 어린 마음에도 퍽 운치가 있다고 느꼈다. 하늘색 비닐을 통해 바라보는 풍경도 색다른 데가 있었고. 그래서인가 요즘도, 이제는 박물관이나 시대극의 소품으로밖에는 볼 수 없는 그런 추억의 우산이 하나 갖고 싶어지는 것이다.

도쿄 헌책방 순례기인 『아주 오래된 서점』을 읽다가 한 가지 배운 게 있다. 헌책방에 갈 때는 가능한 한 짐은 적게 들고 가방은 책을 싸는 보자기 대용으로 에코백이 좋으며 "젖은 우산은 밖에" 두는 게 에티켓이라는 것을.

때때로 맑은 날에도 남몰래 우산을 펼 때가 있다. 우울해지거나 이유도 없는 불안감이 밀려들 때, 좋지 않은 감정들이 둘러싸려고 할 때, 머리 위로 마음의 우산을 하나 쫙 펴곤 한다.

잘 먹겠습니다 ······ 도시락

한 편집자한테 도시락 통 하나를 선물로 받았다. 단순한 직사각형 디자인과 옥색 빛깔이 무척이나 세련됐지만 2단짜리 도시락인데도 밥과 찬을 담기에는 너무 작아 보여서 싱글싱글 웃기만 했다. 그 크기라면 내 기준으로는 찬만 담아도 부족해 보이는데. 그나저나 소설가한테 '도시락'을 선물로 주는 편집자라니. 그러고 보니 어느 해인가 이거 책상에 세워두고 쓰세요, 하면서 스탠딩 검정 가위를 하나 준 사람도, 죽기 전에 꼭 먹어봐야 하는 버터래요, 라는 문자메시지와 함께 프랑스 버터와 꿀을 배송시켜준 사람, 20여 개도 넘는 색색깔의 매니큐어를 선물해주었던 사람도 그녀였다. 어쩌면 내가 말없이 웃었던 건 그런 생각에 빠져 있었기 때문일지도 모르겠다.

내가 초등학교 다닐 무렵에는 3~4학년부터 도시락을 싸갖고 다녔다. 교실 한가운데 조개탄 난로가 있었고 그 위에 양은도시락들을 차곡차곡 올려두었다. 밥이 눌어붙는 구수한 냄새로 점심시간이 가까워졌다는 걸 알았다. 다들 고만고만하게 살 때라 반찬은 늘 김치에 멸치볶음, 콩자반, 어쩌다 달걀 프라이나 소시지 부침. 도시락을 못 싸온 친구가 있으면 허물없이 불러 나눠 먹었고, 혼식을 장려하던 해에는 밥에 보리를 섞어서 싸왔는지 선생님이 일일이 검사하기도 했다. 지금 돌아보면 그런 시절이 있었나 싶게 까마득하기만 하다. 수년 동안 어머니는 아침마다 세 개나 되는 도시락을 싸야 했을 터다. 두 살 터울 딸들이 셋 있으니까. 어머니가 단무지를 가늘게 채 썰어 고춧가루와 참기름을 넣고 싸준 무침은 당시 친구들에게 인기가 있었다.

버클리에서 가까워진 다이앤 조 선생의 남편이 사키야마 미네 씨였는데 한국에서 작고 소박한 식당을 차리는 게 꿈이라고 들었다. 그 집에서 저녁을 먹을 적마다 사키야마 씨의 요리 솜씨에 감탄하곤 했다. 우기가 시작된 어느 을씨년스러운 날, 그녀가 어린 아들을 데리고 갑자기 내 숙소를 방문한 적이 있다. 공휴일이라 주변 식당들은 다 문을 닫은 데다 그즈음 내가 식욕을 크게 잃은 채 지낸다는 사실을 알고 있어서였을까. 복도에서 도시락을 내밀면서 그녀가 말했다. 일부러 싼

만든 것이든 받은 것이든
도시락 뚜껑을 여는 순간에는
저절로 이런 말을 하게 되지 않나.
잘 먹겠습니다.

게 아니라 점심에 먹으려고 만든 음식이 많아 챙겨 온 거니까 절대 부담 갖지 말라고.

간간한 닭조림, 달걀말이, 각종 채소절임, 흑임자를 뿌린 고슬고슬한 밥…… 그 도시락만큼은 잊을 수가 없을 것 같다. 썰렁하기만 한 거실 책상에 앉아 혼자 꼭꼭 씹어 먹던 따뜻한 밥의 맛과 도시락을 만들고 전해주러 자동차를 몰고 와준 그 가족의 마음을.

몇 년 후 스페인 그라나다 골목 향신료 상점에서 사프란을 사면서 그 부부를 떠올렸다. 이 싱싱하고 노란 사프란을 갖다 주면 참 좋아할 텐데. 사키야마 씨가 자주 하는 요리 중에 해산물 빠에야가 있었다. 그 집에서 아이들과 둘러앉아 나눠 먹던 빠에야 맛을 빠에야의 본고장에 와서 그리워하고 있었나 보다.

어쩌면 지금은 잊고 있지만 여러 사람들에게 비슷한 마음이 담긴 도시락을 받아오면서 성장했고 어려운 시간을 건너왔을지도 모른다. 도시락에 들어 있던 음식보다 도시락을 펼쳐서 먹었던 장소들이 더 선명하게 떠오르는 순간도 있다. 관악산, 서오릉, 과천 서울대공원, 서울어린이공원, 교실, 입시 장소, 회의실, 상하이 중산공원, 도쿄 우에노공원 벚나무 밑…….

쓰시마 유코의 단편 「들녘」에서 인상적인 장면이 있다. 돌아가신 어머니가 애착을 가졌던 옛집으로 돌아온 딸이 수리를 시작했다. 상량식 전날 밤, 딸은 이상한 소리에 잠을 깬다. 기척이 느껴지는 2층으로 올라가보았더니 젊은 여자 같아 보이는 어머니가 도편수와 정원사랑 집에 관한 이런저런 이야기를 나누고 있는 게 아닌가. 그러다가 문득 생각났다는 듯 어머니가 "자아, 실컷 마시고 마음껏 놀아요. 아참, 도시락도 준비했었는데 깜빡했군요. 음식이 있어야 흥이 난다니까요" 하기에 딸이 이때다 싶어서 "어머니, 제가 들어드릴까요?"라고 슬쩍 끼어든다. 옻칠한 찬합은 보통 때 쓰던 2~3단짜리가 아니라 열 단이나 되는 거였으니까. 그 높이 쌓인 무거운 찬합을 가뿐히 들어 올린 어머니가 이제 곧 그 집의 새 주인이 될 딸을 돌아보며 말한다. "네 도움을 받으려면 아직 한참이나 멀었다. 너도 맛있는 거 먹고 싶거든 이리 오렴."

옷장, 서랍장 정리를 마친 어머니가 주방에서 그릇들 정리를 하고 있는 뒷모습을 지켜보다가 그 장면이 떠올랐다. 어머니도 나도 저 맨 위에 놓여 있는, 우리 자매들이 초등학교 때부터 쓰던 3단짜리 옻칠된 찬합만큼은 버릴 수 없겠지. 어머니가 그 찬합에 솜씨를 발휘해 도시락을 싸주던 시절이 어머니 인생이 최양연화였을지도 모른다는 생각이 든 건 내가 이

나이가 돼서다. 목소리도 컸고 예뻤고 화려하고 긴 치마도 입고 다녔고 웃기도 잘했다. 무엇보다 딸들에 대한 기대가 있었고 아버지 어머니 모두 다 젊었고 오랜 전세살이 끝에 처음 집도 장만했다. 칠순이 되기도 전에 발가락 관절 때문에 걷는 게 불편해지고 크고 작은 생의 고통들이 왔다 가고 또 왔다 갈지 그때는 몰랐을 것이다. 많이 늙었어도 몇 년 잠시, 지금처럼만 있어주실 수 있을까. 때가 되면 청소도 하고 장도 보러 다니시고 점심도 차려주고. 보다 못한 내가 도와줄까? 그러면 성깔 있게 "네 도움을 받으려면 아직 한참이나 멀었다"라고 말해주면 좋겠다.

그래도 만약 돌아가신 후 꿈에 나와 "너도 맛있는 거 먹고 싶거든 이리 오렴" 그러면 내 엄마라도 조금은 오싹해지겠지.

손이 커서 어머니가 싸준 도시락이나 찬합은 뚜껑이 매번 잘 닫혀 있지 않아 내용물이 비어져 나와 있기 일쑤였다. 어머니가 싸준 도시락 중에 가장 아픈 도시락도 있었다. 스물다섯 살 겨울, 문예창작과에 지원하기 위해 입시를 치르던 한 고등학교 교실에서 열어보았던 보온 도시락.

조카들과 같이 살았던 10년 동안 소풍 때마다 내가 도시락을 전담했다. 지금은 따로 살게 되어 그 즐거움이 없어져버렸지만. 조카들이 학교에서 일찍 돌아오는 다음 수요일에 내가 동생네로 가서 불고기김밥을 만들어주기로 약속했다. 조카들은 김밥이라면 집에서도 만화 캐릭터가 그려진 각자의 도시락에 담아 먹는 것을 좋아한다. 어른들을 위해서는 저 오래된 우리 집 찬합에 김밥을 담아볼까. 도처에서 꽃 소식이 들리니 어느 하루는 맛있고 보기도 좋은 도시락을 정성껏 싸고 싶다.

만든 것이든 받은 것이든 도시락 뚜껑을 여는 순간에는 저절로 이런 말을 하게 되지 않나.

잘 먹겠습니다.

여기 있기에
문제없음

별것 아니지만 도움이 되는   ······ 밀대

초등학교 때 살던 집의 재래식 부엌에서 나는 처음 요리를 했다. 연탄을 때던 엄마의 그 부엌에는 요리 도구들도 많았다. 크기가 제각각 다른 싸리 채반들, 밥통같이 생긴 제빵기, 크고 둥근 중국식 프라이팬, 양은 냄비, 국자, 플라스틱 소쿠리, 밀대. 내가 동생들과 같이 어설프게 빚은 도넛을 튀기고 뽑기와 달고나를 하다 국자를 태워 먹었던 것도 그 부엌에서였다. 엄마가 밀대로 민 밀가루 반죽을 타다닥 썰어 멸치 육수에 칼국수를 만들어주었던 곳도.

아궁이 앞에 쭈그려 앉아 있다 보면 시멘트로 마감된 그 부엌이 엄마에게 얼마나 특별한 장소인지 실감나기도 했다. 사방에 널린 요리 도구도 그랬지만 엄마가 그릇을 정렬하는 방식, 식재료를 놓아둔 순서, 작은 노트와 볼펜 그리고 못에 걸어둔 앞치마와 스웨터 같은 옷들 때문에. 그곳은 그냥 부엌이 아니라 엄마의 개인적 공간이었고 엄마가 결혼할 때 마련해 왔다는 자개장롱과는 다른 이유로 매우 사적인 느낌을 풍겼다. 때때로 엄마가 문을 탁 소리 나게 닫아걸고 한참이나 혼자 있을 수 있던 장소도 그 부엌밖에 없었다.

엄마를 빼놓고 부엌 이야기를 할 수 있을까.

『내가 엄마의 부엌에서 배운 것들』은 그야말로 제목에 이끌려 읽지 않을 수 없었던 책이다. 어머니의 갑작스러운 죽음 이후 기억 속에서만 존재하게 된 어머니를 다시 만나고 싶다는 열망으로 아들은 부엌으로 걸어 들어간다. 얼룩과 낙서가 남아 있는 어머니의 오래된 요리책 속으로. 아들은 어머니 요리를 재현하고 싶어 한다. 레시피를 그대로 따라 하지 말라고 어머니는 말했었다. 그때그때 하고 싶은 대로 만들라고, 요리에 자유를 담으라고. 어머니의 흔적으로 가득한 부엌에서 아들이 배우게 되는 것은 무엇일까.

그때 엄마의 부엌에 있던 요리 도구들 중에서 나무 밀대는 유년 시절의 다른 많은 물건들처럼 영영 잃어버리고 말았고 이제 나는 빵을 만들 때 플라스틱 밀대를 사용하고 있다.

집에서 내가 주로 만드는 빵은 우유와 올리브유를 넣고 만드는 식빵과 포카치아, 어쩌다 기분 롤빵, 향긋한 시나본과

242

흑설탕, 호두, 건포도가 들어가는 시나몬 롤은 가족들이 가장 좋아하는 빵이긴 한데 대충대충 만드는 식빵과 달리 손도 가고 호두나 흑설탕, 건포도가 준비돼 있어야 해서 자주 만들게 되진 않는다. 만들 때 우선 우리밀과 우유를 넣고 1차 발효를 마친 반죽을 밀대로 민다. 넓게 편 반죽에 필링(속 재료)을 얹고는 김밥 말듯 돌돌 말아 균일한 두께로 9등분 한다. 사각 빵틀에 등분시킨 반죽을 올려두고 2차 발효를 시킨다. 속 재료에 들어가는 계피 가루 때문인지 롤빵은 굽기도 전부터 집 안에 좋은 냄새를 풍긴다.

롤빵을 구울 때면 저절로 떠오르는 작품들이 있다. 영화 〈카모메 식당〉과 레이먼드 카버의 단편 「별것 아닌 것 같지만, 도움이 되는」.

아들의 생일을 앞두고 그녀는 케이크를 주문해두었다. 생일 오후에 아들은 차에 치여 입원하고 의식이 없는 아들의 병실을 지키다가 부부는 교대로 잠깐씩 집에 다녀온다. 그 사흘 동안 빵집 주인은 계속 집으로 전화를 걸어 케이크를 잊은 거냐며 메시지를 남긴다. 아들은 죽고, 집으로 돌아온 부부는 아무런 사실도 알 리 없는 빵집 주인의 항의 전화를 받고는 분노에 싸여 한밤의 빵집을 찾아간다. 마침내 그 부부에게 생긴 슬픔을 알게 된 빵집 주인은 부부가 들어올 때부터 위협

하듯 손에 들고 있었던 밀대를 슬그머니 내려놓고 말한다.

**"갓 구운 롤빵이라도 좀 드셨으면 싶은데. 드시고 살아내셔야
죠. 이럴 땐 먹는 게 별것 아닌 것 같지만, 도움이 되거든요."**

갑자기 허기를 느낀 부부는 빵집 주인이 막 오븐에서 꺼낸
따뜻하고 달콤한 시나몬 롤빵을 먹는다. 그리고 그들은 아침
이 될 때까지 서로의 이야기에 귀를 기울인다.

영화 〈카모메 식당〉에서도 주인은 손님과 같이 일하는 사
람들을 위해 시나몬 롤을 굽는다. 같이 빵을 만들고 나눠 먹
는 장면은 보기만 해도 위로를 받는 느낌이다. 그래서일까, 몇
번씩이나 〈카모메 식당〉과 「별것 아닌 것 같지만, 도움이 되
는」을 보고 읽게 되는 건. 때때로 별것 아닌 것 같지만 서로
가 서로에게 도움이 될 수도 있는 일들에 대해 생각해보고는
한다. 갓 구운 빵을 나눠 먹고 이야기를 주의 깊게 들어주고
지금보다는 관심을 갖는 일들. 그 밖에 또 무엇이 있을까?

엄마의 부엌에서 레시피에 얽매이지 않고 자유롭게 요리를
하기 시작한 아들은 바로 그것, 가족을 위해서 요리하는 일
의 의미를 알게 된다. 엄마의 요리, 엄마의 부엌은 가족과 맞
닿아 있다는 걸. 얼룩이 진 엄마의 레시피 옆에 간간이 적힌

'V. G.'라는 메모를 발견한다.

엄마 스스로 'very good'이라고 남긴 레시피들. 가족들은 그 음식을 먹고 성장하고 집을 떠나갔다. 엄마는 그렇게 부엌에서 혼자가 되었다.

내 어머니는 날마다 나를 위해 점심상을 준비한다. 내가 하루에 한 번 집에서 먹는 밥. 어머니 딴에는 안 먹는 게 많은 딸을 위해서 두부, 나물, 된장, 멸치, 생선으로 균형 있게 차린다고 차린 상. 한번은 도쿄에 사는 동생이 집에 왔다가 내가 밥상에서 엄마한테 여러 가지 싫은 소리들, 간이 너무 짜다, 감자는 안 익었고 호박은 너무 볶았다 같은 말들을 거침없이 하는 모양새를 보고는 어이없다는 얼굴로 "언니 너무한다. 아직도 엄마 밥 먹을 수 있는 걸 다행으로 여기긴커녕"이라고 화를 버럭 냈다. 그 후부터 조심한다고 하는데 잘 안 된다. 나이가 들수록 미각을 잃어가는 엄마는 간을 짜게 하니까. 나는 엄마가 끓여놓은 국에 자주 생수를 부어 먹어야 한다. 그래도 국과 반찬이 짜고 입에 맞지 않더라도 내일은 엄마이 가지무침 정말 베리 굿이네, 라고 말해볼까.

종繼의 맛

......핸드밀

　중학교 때 원예반 선생님은 우리가 고등학생이 되자 이따금 카페에 데리고 가셨다. '뜨락'이라는 상호의 카페였는데 선생님 댁과 우리들의 집과도 멀지 않은 곳이었고, 알고 보니 우리 동네였다. 사실이 아닐지도 모르겠지만 나는 열일곱 살 때 그 카페에서 커피를 처음 마셔본 듯하다. 크고 흰 잔, 그 안에 담겨 있던 까만 액체. 그 알 수 없는 맛……. 그 후 혼자 뜨락에 들락거리면서 어른의 세계로 빠져 들어가게 된 것은 아니었을까.

　8년 전에 처음으로 작업실을 얻었을 때 책장과 책상 말고도 필요한 물건이 너무나 많다는 데 놀랐다. 공간이 좁기도 했지만 작업실이 수도사의 방처럼 보이길 원해서 일단 최소한의 사물들만 들여놓기로 했다. 그렇게 해도 포기할 수 없는

246

게 커피를 마시기 위한 주전자, 핸드밀, 서버 같은 핸드드립 도구들. 작업실에 있는 시간이 길어질수록 볶은 원두를 사다 먹는 것으로는 감당이 안 될 만큼 양이 늘어버렸다. 이때다 싶어 로스팅에 관한 책들을 쌓아놓고 독학을 했다.

생두를 볶으면 커피콩에서 수분이 빠져나가면서 콩 내부에 생긴 벌집과 같은 구조를 현미경으로 볼 수 있다고 한다. 일명 '허니컴 구조'. 그 안에 커피의 맛을 좌우한다는 클로로제닉산, 카페인, 단백질 등의 성분이 부착된다. 일본의 한 공학도가 쓴 『더 알고 싶은 커피학』에서는 그 때문에 로스팅과 분쇄의 중요성을 강조하고 있다. 나의 첫 번째 커피 분쇄기는 실용적인 칼리타 KH3. 그 후 1년에 한두 번 사치를 부리기도 하는데 클래식한 핸드밀을 구입할 때다. 보통은 위가 열려 있고 커피 가루가 담기는 서랍이 큰 제품을 사용하지만.

그러고 보니 이 좁은 작업실에 열 개 가까이 되는 각종 디자인의 핸드밀들을 모아두고 있다. 여름과 겨울, 어느 날 드라이버로 나사를 풀어 핸드밀 본체를 분해한다. 물로 닦을 수 있는 부분은 닦고 솔로 커피 찌꺼기를 털어내는 작업을 한다. 그간 열심히 쓴 핸드밀은 사용한 기간만큼 쉬게 하는 게 좋다. 요즘은 신제품인 칼리타 오동나무 2단 핸드밀에 눈독을 들이고 있지만 너무 고가라 사이트에 들어가 보고만 나온다.

여러 명의 커피를 한 번에 내려야 할 때는 전동 커피분쇄기가 하나 있으면 편하겠다고 느끼지만 커피에 관해서는 여전히 수동적인 물건들이 좋다.

「단념」이라는 단편을 쓸 때 그간 배운 커피의 지식을 조금 활용했다. 단골 커피집 주인이 이러저러한 아픔을 겪고 있는 '나'에게 말한다. 커피의 맛을 결정하는 건 사실 쓴맛 성분의 질과 비율이 다르기 때문이라고. 커피에는 종縱의 맛과 횡橫의 맛이 있는데 처음 커피를 내릴 때 나오는 그 깊은 맛이 바로 종의 맛이고 넓고 풍성한 맛이 횡의 맛이라고 그는 나에게 조심스럽게 알려준다. 생에 관한 비밀스러운 고백이라도 하듯.

2~3개월에 한 번씩 생두 5킬로그램을 구입하고, 일주일에 세 번쯤 소형 로스터기로 커피를 볶는다. 남대문 시장에 가서 그 로스터를 장만하기 전까지는 프라이팬으로 시작, 이리조즈 같은 핸디, 수망, 로스터기를 거쳤다. 핸드밀을 쓰고 있다는 사람을 만날 때는 잘 기억해뒀다가 다음에 만날 때 갓 볶은 원두를 슬그머니 들고 나가기도 한다. 그런 즐거움이 없다면 일을 마친 후 자정 넘어 문을 활짝 열어둔 작업실에서 커피를 볶는 맛이 덜하겠지. 책상 앞에 앉기 전에 예가체프를 천천히 간다. 커피 향이 퍼지면 마음은 누그러져버리면서 뭐 이 정도도 괜찮잖아? 싶다. 삶의 비닥에는 수많은 단층선이

커피 향이 퍼지면
마음은 누그러져버리면서
뭐 이정도도 괜찮잖아?
싶다.

있고 그것 중 언제 하나가 일상을 뒤흔들게 될지 알 수 없다. 맥주 한 잔을 마시는 순간, 커피를 내리는 순간, 좋아하는 책 한 페이지를 읽는 순간. 괜찮은 순간들이 모이면 정말 괜찮은 하루가 될지 모른다. 오늘이라는 건 이상해서 잘못 쓴 일기처럼 지우거나 찢어버릴 수도 없는 거니까. 인생은 완전히 새롭게 시작할 수 있는 게 아니라 하루하루 쌓여가는 것이므로.

소복하게 담은 커피 가루에 물을 '내려놓는' 느낌으로 드립포트를 기울인다. 좁은 물줄기가 표면에 닿자마자 기다렸다는 듯 원두가 풍성하게 부풀어 오르고 드립서버로는 호박색 구슬 같은 물방울들이 후르륵 떨어진다. 아래로 떨어지는 물의 힘으로 만들어진 맛. 아무도 없는데 오늘은 어째서인가 정성껏 두 잔을 내린다.

찔리지 않도록 .... 압정

디자인 학원에 다닌 적이 있다. 연달아 대학 입시에 실패한 후였는데 도통 내가 무엇을 하고 싶은지 알지 못했던 때기도 했다. 지금에 와서야 하는 소리지만 만약 그때 운 좋게 대학에 들어갔어도 평탄하게 학창 시절을 보내진 못했을 거다. 고등학교를 졸업할 때까지 그 후는 생각해본 적도 없고 전공이나 꿈에 관해서도 마찬가지였으니까. 문학에 대한 갈망을 비교적 늦은 나이에 발견했기 때문에 그 20대 초반은 심리적으로는 암흑에 가까웠다고 하는 편이 맞다.

일주일에 세 번 집에서 142번 버스를 타고 남영동으로 갔다. 다른 시간은 건성건성, 그나마 가구 디자인에 관심이 생긴 걸 다행이라고 해야 할까. 도면 그리는 일에 집중했고 작업대에 앉아서 선을 긋고 평면도 입면도를 그리는 일이 처음에는 흥미로웠다. 건축가들이 사용할 법한, 비스듬히 기운 작업대에 도면 용지나 트레이싱 페이퍼를 올려놓곤 네 귀를 압정으로 꾹 눌러 고정했다. 그 디자인실에서는 아무도 크게 말하지 않았고 그럴 필요도 없었으며 각자 책상에 앉아 빈 도면지에 자신이 디자인한 가구를 그리면 되었다. 디자이너를 양성하는 데라기보다는 취업이 목적인 학원이었다. 가장 초보자였던 나는 압정으로 고정한 빈 도면지를 물끄러미 들여다보고만 있을 때도 많았다. 연필로 선을 긋는 일은 어느 정도 해낼 수 있었지만 즐겁거나 성취감 비슷한 게 느껴지지 않았다. 그때까지만 해도 어떤 일도 끈기 있게 해낸 적이 없어서 이 일도 그렇게 되지 않을까 내심 불안하기도 했고. 집에서 받는 마지막 경제적 지원이었다. 나는 자리에서 일어나지 않았다. 누가 나를 그 자리에 눌러놓은 듯이. 이제 막 생긴다는 디자인 회사에 입사 제의를 받게 됐다. 붙박인 듯 그 작업대 앞에서 보낸 시간이 준 보상이라고 여겼다. 그게 얼마나 잠깐이 될 줄은 모른 채.

그 후로 시간이 많이 흘렀다.

작업실 문 안쪽에 스케치북 사이즈만 한 코르크 보드를 걸어두었다. 잊고 싶지 않은 글귀나 그때그때 필요한 메모들을 압정으로 고정해놓고 작업실을 오갈 때마다 들여다보려고.

마감 날짜가 지난 원고청탁서를 떼려다가 오랜만에 보드 앞에 멈춰 선 채로 벌써 수개월째, 혹은 1~2년이 지나도록 떼어내지 못한 것들을 보게 된다. 카뮈의 흑백사진도 있고 외우고 싶은 시와 메모 들, 스승의날에 받았던 학생의 카드도 한 장 있다. 단단히 눌러둔 압정을 빼내고는 그중 몇 개를 떼어낸다. 어느새 11월이니까 서랍 속이든 장롱이든 마음이든 천천히 정리를 하는 게 좋겠지. 종이를 들어냈을 뿐인데도 어째 보드에 희미하게 자국이 남은 것처럼 보인다. 손바닥에는 차갑고 축이 짧고 대가리가 얇은 녹슨 압정 몇 개.

이스라엘을 대표하는 작가 아모스 오즈의 자전소설에 이런 이야기가 나온다. 춥고 외로운 집에서 혼자 노는 방법을 익혀야 했던 어린 아모스 오즈는 어느 날 아버지 책상에서 클립, 연필깎이, 공책 몇 권, 잉크병, 지우개 그리고 압정 한 통을 가지고 와서는 그 문구용품들을 장난감 삼아 새로운 도시를 만든다. "연필깎이와 지우개는 급수탑인 큰 잉크병 양쪽에 세워두고, 연필과 펜으로 울타리를 삼아 전체를 에워싼 다음 압정으로 요새를 만"드는 방식으로. 그 후 전투가 벌어지면 어린 작가는 공책은 항공모함으로 지우개와 연필깎이는 파괴자들, 클립은 잠수함으로 압정은 지뢰로 만든다. 그 추운 방을 둘러싸고 있었던 것은 엄청난 양의 책들이었고.

압정은 손쉽게 종이나 얇은 무언가를 누르고 찌르고 꽂아서 고정할 수 있다는 장점을 갖고 있지만 몇 가지 단점도 있다. 한번 꽂으면 빼내기가 어렵고 핀과 머리에 녹이 슬어 얼룩을 만들고 바닥에 떨어지면 뾰족한 침이 위를 향해 발바닥에 꽂히기 쉽다. 그것이 "손잡이가 있는 핀", 즉 푸시핀이 만들어진 이유가 되지 않았을까. 수평면과 어떤 각도를 갖는 경사면을 이용하면 물체를 자르거나 구멍을 뚫을 때도 힘이 적게 든다고 한다. 예를 들면 가윗날, 칼날, 못과 송곳의 끝, 압정 핀 끝 부분의 뾰족하거나 살짝 기울어진 면. 누르고 찌르고 절삭하고 꽂는 데에도 이런 과학의 원리가 숨어 있나 보다. 아무려나 문구 욕심이 많은 나는 푸시핀 이전의, 단점이 많은 옛날 압정을 새것으로 몇 통이나 갖고 있다. 지금 갖고 있는 문구용품을 다 쓰는 데만 해도 수년 더 걸리겠지.

보드판을 정리한다고는 하지만 이번에도 떼어내지 못하는 메모를 본다. "내 그림이 내가 이루고자 하는 것에서 얼마나 뒤처져 있는지를 생각하면 늘 미어질 듯한 가책을 느낀다"라고 옮겨놓은 고흐의 일기. 아마도 나는 '그림'이라는 단어를 '문학'으로 바꿔 읽는 모양이다. 그 메모지가 떨어져나가지 않도록 붙잡고 있는 것은 작아도 어떤 의지를 담지 않고는 꾹 누르기 어려운 납작힌 원핀의 압정. 보살핏없어 보여도 막상

찔린다면 깜짝 놀랄 만큼 아플 게 틀림없을 것이다.

입사 일곱 달 만에 나는 첫 직장이자 마지막 직장인 그 디자인 회사를 그만두었다. 그때 이사였던 분이 했던 말이 잊히지 않는다. 너 평생 후회하게 될 거다. 나는 얼마 되지도 않는 짐을 꾸려 마음 붙일 수 없었던 곳의 유리문을 어깨로 밀고 층계를 내려왔다. 방금 내가 정말 무서운 말을 들었구나, 라고 생각하자 진짜로 모든 것이 두려워지기 시작했다.

꽤나 쓸모 있는 ...... 와인 코르크

이름은 잊어버렸지만 미국의 한 노작가가 어떻게 하면 작가가 될 수 있느냐는 문학청년의 질문을 받고는 그에게 되물었다. 당신은 단어를 좋아하십니까? 단어를 좋아하지 않으면서 글을 쓸 수는 없다고 그 노작가는 글을 맺었다. 그 때문은 아니겠지만 처음 듣고 보는 단어에 관심을 두려고 노력하는 편이기는 하다.

며칠 전 출판사 관계자를 만난 자리에서 시킨 이탈리아 와인 이름이 '일빠소il passo'였다. 그땐 가만히 앉아 있다가 집에 와서 일빠소가 무슨 뜻인지 찾아보았다. 발자국. 검은 병에 검은 발자국이 길게 찍혀 있던 게 떠올랐다. 여느 때처럼 잘 챙겨 온 와인 코르크에 날짜와 같이 마신 사람, 장소를 볼펜으로 꾹꾹 눌러 써두었다. 외인이 닿았던 부분은 볕에 잘 밀려야 코르크가 썩지 않는다. 코르크는 돌처럼 더욱 단단해지고 나의 사적인 메모 역시 대략 지름 2센티미터, 길이 4센티미터의 둥근 코르크에 잘 달라붙어 있게 된다.

15~16년 전쯤 한 이탈리안 식당 사장님에게 와인을 배우러 다닌 적이 있다. 수강생이라고는 나와 와인 소믈리에가 되고 싶었던 그 식당의 매니저밖에 없었던 수업은 영업이 끝난 식당에서 와인을 마시고 이야기를 나누는 게 다였다. 수업 마지막 날 사장님은 당부했다. 와인은 아무리 좋은 것이어도 혼자 마시지 말 것, 화가 나 있을 때도 마시지 말 것, 좋은 와인이란 비싼 품종이 아니라 좋은 사람과 마시는 와인이라는 점을 기억할 것. 나는 그 말을 새겨들으며 테이블 위에 있던, 마지막 수업을 위해 사장님이 내준 바롤로 와인 코르크 하나를 주머니에 넣고 집으로 돌아왔다. 아마도 그때부터였을 것이다. 참나무나 오크 껍질로 만들어진 코르크에 날짜와 장소, 그것을 같이 마신 사람의 이름을 쓰고 모아두게 된 것은.

와인에 대해 젠체하는 미식가가 나오는 단편 「맛」. 『찰리와 초콜릿 공장』을 쓴 로알드 달의 작품이다. 미식가 리처드 프랫은 와인을 마치 살아 있는 존재 말하듯 한다. 예를 들면 "조신한 포도주로군요. 약간 수줍어하고 망설이는 듯하지만" 혹은 "명랑한 포도주로구먼. 자비롭고 명랑해" 이런 식이다.

어느 날 그 미식가와 만찬을 마련한 주인이 손님 앞에서 그날 특별히 내놓은 포도주의 품종과 연도를 알아맞히는 내기를 하게 된다. 「맛」의 결말은 어떻게 될까?

개인적으로 와인에 관해서라면 잘 알아도 아는 척하지 않으려고 하는 사람한테 더 신뢰를 갖게 되는데 그런 사람과 비슷한 책이, 최근에 읽은 소믈리에 제라르 마종이 쓴 『와인을 위한 낱말 에세이』이지 않을까 싶다. 수수하고 소박한 내용을 압축한 듯 책 디자인도 흰 바탕에 단순한 선으로만 파랗게 그려 넣은 와인 병 하나. 책을 펼치면 100개의 단어들, 이를테면 '절정기' '균형' '마시기 쉬운' '경사지' '샤또'라는 단어들로 와인에 관한 이야기들을 풀어놓았다. 그 단어들의 리스트를 읽는 것만으로도 한 편의 긴 시를 읽는 기분이 든다. '코르크 마개' 편을 읽다가 배운 게 있다. 와인 코르크는 절연성을 갖고 있어야 하며 고도로 압축되어 있지만 그 잔균열이 갖고 있는 미세 공극을 통해 병 속의 와인이 공기와 어느 정도는 접촉해야 한다는 것을. 당연한 말일 텐데 "훌륭한 와인에는 훌륭한 코르크가 필요하다"라는 문장이 오래 남는다.

그동안 모은 와인 코르크가 대형 유리 꽃병 네 개쯤 된다. 먼지도 털 겸 가끔 바닥에 와르르 쏟아놓고 코르크에 적어둔 글씨들을 읽어볼 때가 있다. 몇 년 몇 월 며칠 누구와 어디에서 마셨는지. 내가 이 와인을 마신 적이 있다니, 깜짝 놀랄 정도로 귀한 와인도 있고 피노누아처럼 한결같이 좋아하는 품종의 와인 코르크도 많다. 혼자 마신 날도 있지만 그건 좀 드물다. 그리고 함께 마신 이들의 이름. 그런데 이상하지만 지금은 더 이상 소식을 주고받지 않거나 아예 만나지 않게 된 사람들의 이름이 더 많아 보인다. 사고나 병으로 세상을 달리한 분들도 있다. 한때는 그 와인을 마시며 그날 그 순간을 보냈던 이들. 사람들은 어떤 이유로 멀어지게 되는가…… 그런 생각에 빠지기 시작하면 걷잡을 수 없이 쓸쓸해지고 만다. 나는 다시 책상 앞으로 가려고 한다. 지금 쓰고 있는, 잘 몰랐지만 서로 가까워지고 싶어 서툴게 한 발 한 발 다가가려고 하는 사람들에 관한 이야기 쪽으로.

와인 한 병이 생기면 저절로 입이 헤벌어진다. 나는 뭐든 아껴두었다 먹거나 쓰는 사람이 아니지만 와인만은 며칠간 눕혀두고 슬쩍슬쩍 눈으로 한 모금씩 먼저 마신다. 그러기만 해도 기분 좋게 취기가 도는 느낌이다. 빵이나 피자를 구운 날이나 토마토와 모짜렐라 치즈로 샐러드를 만드는 날까지 기다린다. 밀린 일이나 신경 쓰였던 일을 처리한 날, 아니면 원고를 마친 날. 때때로 나 자신을 환대하는 듯한 일이나 시간을 만들 필요가 있다. 그런 때 아껴두었던 와인을 오픈한다. 술을 못 드시는 내 모친도 향기 때문인지 그런 날이면 식탁 앞을 왔다 갔다 하신다. 그래서 와인을 혼자 마시게 되는 경우가 드문 거겠지. 어머니 잔에 먼저, 그리고 내 잔에 한 잔 따른다. 그 코르크에 뭐라고 쓸까 떠올리면서. 긴 문장은 쓸 수 없다. 짧게 줄인 단어들만. 와인에 관한 100번째 단어 '즐거움'에서 제라르 마종은 이렇게 썼다.

즐거움은 논쟁의 대상이 될 수 없으며 누군가의 동의도 필요 없다.

와인이든 독서든 여행이든 저마다의 다양한 방식으로 즐거움을 느끼는 순간을 만들 수 있어야 한다. 그런 순간을 누군가 나에게 만들어주던 시간은 다 지나가버렸을 수도 있고, 이제 스스로 만들어야 할 나이가 됐을지도 모른다. 하여간 아직도 빵 한 덩어리에 와인 한 병 있으면 그 저녁은 괜찮다고 여긴다. 아니, 그 정도면 즐거운 거다.

지난 명절 때 아버지께서 선물로 받아 오신 와인 한 병을 피아노 위에 잘 눕혀두었다. 아버지가 관리하는 건물의 한 직원에게 받았다고 했나. 남아프리카공화국 와인 '유레이즈미업 You raise me up', 감탄사가 나올 만큼 훌륭한 와인은 아니다. 그

러나 일을 끝낸 후 여는 와인이라면 밝고 달콤하며 꽃향기가
훅 터질 것이다. 태양과 물과 흙의 힘으로 만들어진 와인의
향, 맛, 색은 감각적이며 감각은 또 다른 감각과 정서를 불러
일으킨다. 와인의 첫 향을 느끼고 첫맛을 음미할 것이다. 그러
다 딴생각하길 좋아하는 나는 '나를 일으켜 세워주는 것'에
관해 떠올려보게 될지도 모른다. 그 병을 비우는 동안 그런
것에 관한 낱말들을 죽 적어 내려갈지도.

다분히 개인적인 기록을 가능케 하는 것. 와인의 산화를
막는 역할 외에도 코르크는 그런 면에서 꽤나 쓸모가 있는 입
체적 메모지다.

엄마 생각   ...... 슬리퍼

연말까지 약속이 몇 개 있으니 머리를 짧게 자르지 말고 다듬어달라고 하자 헤어숍 주인이 송년 모임이냐고 물었다. "그렇기도 하고 생일이 아직 안 지나서요"라고 말꼬리를 흐렸다. 사각사각, 내 머리칼을 자르면서 아주머니는 어렸을 때 어머니가 돌아가셔서 그런지 자신의 생일이 되면 유난히 엄마 생각이 난다고 했다. 만약 살아 계셨다면 생일에 엄마한테 선물을 드렸을 거라고.

"무슨 선물을요?"

지금껏 내 생일에 엄마께 선물을 드려본 적이 없는 나는 그렇게 되묻지 않을 수 없었다.

"낳아주셔서 고맙다고요."

"......"

늘 너무 수다스러워서 헤어숍을 옮길까 말까 고민하게 만
드는 주인아주머니는 머리를 다 자를 때까지 그 후 아무 말
도 하지 않았다.

한 달 전인가, 시내에 나갔다가 유니클로 매장에 들렀다. 실
내용 슬리퍼를 고르는데 엄마 생각이 났다. 원래 관절이 안
좋은 데다 기온이 내려가면서부터는 발가락까지 마디마디 시
리다고 했지. 그날 두툼하고 푹신푹신한 초록색과 빨간색 체
크무늬 슬리퍼 두 개를 사갖고 와 엄마에게 한 켤레 드렸다.

"뭘 이런 걸 사오고 그래."

누가 무엇을 사다줘도 엄마는 먼저 퉁명스럽게 그 말부터
하고 본다. 그냥 좋아하면 큰일이라도 나는 사람마냥. 그래서
엄마에겐 선물을 주고 나서도 결국에는 "싫으면 그만둬"라는
말까지 하게 되고 분위기는 깨져버리고 만다. 그날 생각해보
니 가장 최근에 엄마께 드린 선물이라면 그 슬리퍼 외에는 떠
오르는 것도 없었다.

2년 전 이맘때 로마의 오래되고 추운 숙소에서 지냈다. 사피
엔차대학에서 한국문학으로 논문을 쓰던 이탈리아 학생과 가
까워졌는데 어느 날 점심을 먹는 자리에서 종이로 둘둘 만 꾸
러미를 내게 주었다. 몇 번인가 내 숙소에 와본 적이 있던 그
녀 눈에 거실의 차가운 돌바닥이 마음에 걸린 모양이었다. 종

이에는 부직포로 만든 슬리퍼 한 켤레가 싸여 있었다. 친구가 손으로 만들어서 파는 상품이라고 했다. 그 후 그녀에게 필요한 것은 무엇이 있을까, 만날 때마다 눈여겨보게 되었다. 로마를 떠나기 전날 석 달 동안 읽었던 한국 소설과 시집들을 모두 그녀에게 주었다. 선물이라고는 하나 새로 산 게 아니어서 그녀가 그 책들을 받고 좋아하던 표정을 더 잊을 수가 없다.

머칠 후 크리스마스 날 엄마와 둘이 식탁에서 와인 한 병을 나눠 마셨다. 헤어숍 주인이 한 말이 내내 잊히지 않았다. 이번 내 생일에는 엄마한테 처음으로 선물을 드려보자, 마음을 먹어도 한 가지 문제가 있었다. 같은 집에 살고 매일 얼굴을 보는 엄마인데도 필요한 물건이 무엇인지 정작 모른다는 거다. 와인을 마시면서 은근슬쩍 운을 떼봐도 소용없다. 엄마는 나한테 필요한 게 무엇인지 그렇지 않은 게 무엇인지 누구보다 잘 알겠지. 딸에 관해서라면 엄마는 귀신같을 때가 많은 사람이니까.

"사람은 누구나 자신이 주는 것보다 누군가에게서 받는 것이 항상 더 많은" 거라고, 그러한 선물에 관한 따뜻한 이야기들을 모아놓은 가쿠타 미쓰요의 『프레젠트』가 떠오른다. 아마도 우리는 지금은 잊어버린, 수없이 많은 선물을 받으면서 자랐고 나이 들어가는 것일 테지.

잔을 비우곤 뭐가 갑자기 어색해져버렸는지 청소나 해야겠다며 엄마가 자리에서 일어났다. "이 밤중에 무슨 청소야." 나는 또 싫은 소리를 팩 하고 만다. 내가 그러거나 말거나 빨간색 체크무늬 슬리퍼를 신은 엄마가 거실을 왔다 갔다 한다. 저 9900원짜리 슬리퍼를 사면서 실은 기분이 조금 좋기도 했다. 받는 사람한테 필요한 물건이라는 사실을 알고 있었으니까. 자식들이 무엇을 사갖고 와도 "이런 걸 뭘 사오고 그래"라는 엄마의 무뚝뚝한 말에 기죽지 말자. 이 나이가 돼서도 생일 점심마다 나는 엄마한테서 미역국과 쌀밥을 선물 받고 있지 않나. 생일까지 며칠 더 남았으니 일단 엄마에게 필요한 게 무엇인지 주의 깊게 살펴볼 요량이다. 그리고 송년 모임에서 만날 사람들에게 주고 싶은 작고 쓸모 있는 프레젠트에 관해서도.

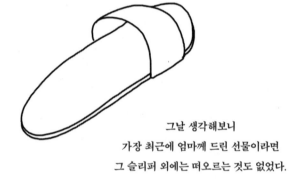

그날 생각해보니
가장 최근에 엄마께 드린 선물이라면
그 슬리퍼 외에는 떠오르는 것도 없었다.

당기고 밀어내는 힘   ······ 페이퍼 클립

　개학 전날, 초등학교 고학년이 되는 조카들의 연필, 지우개, 일기장, 형광펜, 네임펜 등 학용품들을 챙겨주었다. 그런 면에서 예나 지금이나 나는 크게 달라지지 않았나 보다. 필통을 열었을 때 뾰족하게 깎은 연필들이 나란 나란히, 그 위에 연필심들을 보호하겠다는 듯 통통하고 흰 지우개가 가로로 딱 맞게 놓여 있는 걸 보면 기분이 좋아진다. 조카들 자석 필통 뒷면에는 납작한 접이식 자와 각도기, 그 밖의 다른 필기구들이 한두 자루쯤 더 있었다.

　조카들 개학 준비는 끝났으니 이제 내 차례다. 개강이 며칠 앞으로 다가온 것이다. 작업실 책상 서랍을 열어보았다. 포스트잇, 스테이플러 심, 녹색 하이테크 포인트펜 그리고 색색의 페이퍼 클립만큼은 복사용지처럼 한 학기를 보낼 만큼 충분히 갖고 있어야 하니까.

소설창작 수업은 보통 세 시간, 네 시간씩 이어진다. 나는 수업 내용을 타이핑해서 출력해 가는데 그 서너 장의 A4용지를 클립으로 고정시킨다. 입고 걸치는 거의 모든 것을 블랙으로 선택하면서도 가방 속의 소지품들, 필통이나 파우치, 지갑, 휴대전화 케이스는 모두 빨간색이다. 비록 가방 속에서이지만 빨강이 지닌 생동하는 에너지가 내부inner에 있다고 생각하면 작은 행운의 부적을 지닌 것처럼 마음이 놓이기도 하니까. 그래서 강의실에 갖고 들어갈 A4용지에도 색색깔 클립 중 일부러 빨간색 클립만 찾아 꽂는다. 수업이 잘되기를 바라는 마음으로.

도쿄 긴자에 빨간색 대형 클립이 간판처럼 걸려 있는 문구점이 있다. 내가 긴자에 가서 가장 시간을 많이 보내는 데도, 큰 돈을 쓰는 데도 바로 그 문구점이다. 독일에도 이 빨간색 대형 클립을 간판으로 사용하는 문구점이 있다고 들었는데 이런 클립 이미지는 전 세계적으로 문구점을 뜻하지 싶다. 내가 만약 문구점을 차린다면 노란색이나 빨간색 몽당연필을 간판으로 쓰고 싶어질 것 같다. 물론 클립도 좋다. 심플하고 군더더기 없는 형태, 누구나 한눈에 문턱이 없는 문구점이라는 것을 알아차릴 수 있을 테니까.

19세기에 처음 클립이 발명되었을 때에는 그저 철사를 한 번 비틀어놓은 단순한 모양이었다고 한다. 그럼에도 불구하고 종이를 고정할 수 있었던 힘은 서로를 당기고 밀어내는 힘 때문이었을 거다. 철사라는 물질을 이루고 있는 원자와 분자가 말이다. 현재 사용하는 흔하고 잘 알려진 클립, 스테인리스 재질의 "끝이 둥근 이중의 고리, 트롬본 같은 모습으로 휘어진 철사"는 클립의 종류 중에서 '젬 클립'에 속한다고 한다. 클립에도 디자인의 변천이 이어져 요즘은 종이에 끼우면 하트 모양, 부엉이의 큰 눈, 삼각형 같은 다양한 형태의 제품들이 출시돼 있다. 재질도 철사뿐만 아니라 황동이나 종이, 플라스틱으로 만들어진 것도 있고. 어떤 재질을 이용하든 "원래의 형태로 돌아가려는 성질을 이용"해야 종이를 고정시킬 수 있다. 이를테면 클립을 사용할 때 약간의 힘을 써야 한다. 이때 서로 손을 꽉 맞잡고 있듯 결합돼 있던 원자가 일그러지면서 곧 이전의 위치로 돌아가려고 한다는 것이다. 이 작은 클립 하나에도 그런 서로를 당기고 밀어내는 힘이 작용하고 있는 셈이다.

디자인의 가치와 이유 중에는 독창성이나 목적성 혹은 심미성 등이 있을지 모른다. 종이로 유명한 미도리midori사에서 판매하는 디자인 클립 중엔 내가 좋아하는 코끼리 모양도 있는데 한 통 그냥 서랍에 넣어두고만 있을 뿐 실제로 쓰는 것은 평범한 모양의 클립이다. 클립은 클립이니까, 디자인은 다양해도 "탄력이나 나선을 이용"한다는 점, 그리고 "소량의 종이나 서장 같은 것을 끼워두는 기구"라는 것만은 변함이 없듯 가장 실용적인 모양을 선택하게 된다.

지난해 출판사에서 책 한 권 분량의 교정지를 받았는데, 여러 페이지에 리본 모양 핑크색 클립이 끼워져 있었다. 씩씩한 청년 같은 느낌을 주던 40대 여성 편집자가 핑크색 혹은 리본을 좋아하나? 상상했다. 잠깐이지만 '핑크 리본'이 주는 이미지처럼 즐겁고 가벼운 마음이 들었다.

자주 들어가서 구경하는 인터넷 문구점이 있는데 요즘 온통 블랙 일색의 덴마크 문구용품들을 판매하는 중이다. 북유럽 삶의 스타일, 북유럽 가구 등이 유행하더니 이제 문구용품에까지 영향을 끼친 건지. 아무튼 무광의 까만색 클립이 세련되고 자신감 있게 느껴지지만 지금은 눈으로만 볼 뿐이다. 책상 서랍에 클립이 많은 데다가 클립이란 건 잃어버리고 남에게 줘서 없어지는 것 같지만 돌고 돌아서 타인들의 클립 또한 내 손에 자주 들어오기도 하니까. 그러고 보면 클립은 재활용률이 높은 사무용품인 게 틀림없어 보인다. 내가 클립을 살 때는 컬러 클립 중 빨간색이 떨어질 때다. 그래도 학교나 출판사 혹은 어떤 공공 기관에 서류를 세출해야 할 때면 눈에 안 띄는 스테인리스 은색의 단정한 클립을 사용한다.

오늘도 이 무생물의 작고 빨간 클립을 강의 종이에 끼우며 짐짓 생각한다. 좋은 선생이란 자기의 생각을 학생들에게 그대로 전달하는 게 아니라 그들이 갖고 있는 생각을 잘 펼칠 수 있도록 이끌어주는 거라고 했던 아리스토텔레스의 말에 대해서. 좋은 선생, 좋은 작가, 좋은 딸, 좋은 시민, 좋은 사람의 역할은 어떻게 해야 할까. 무엇을 하든 무엇이 되든, 매일 밤 잠들기 전 필통과 책가방을 챙기는 마음으로 비기너의 자세를 잃지 않아야겠다고 다짐한다. 3월 이맘때가 되면 늘 그렇듯.

전신으로 울기에   ......손수건

지난겨울에 입었던 회색 코트를 올해 처음 입는 날. 아니나 다를까 주머니에서 뭔가 나온다. 이번에는 구겨진 지폐도 명함도 영수증도 동전도 아니다. 가장자리에 자잘한 꽃무늬가 프린트된 손수건. 동생이 사준 거라 잊어버린 걸 안 순간 무척 아쉬워했는데.

동네 술집 창가 자리에서 편집자와 이야길 나누고 있었다. 그럴 만한 사람이 없는데, 누군가 밖에서 큰 소리로 내 이름을 불렀다. 소식이 끊겼다고 생각한 고등학교 동창이었다. 새 연락처를 주고받자마자 친구가 진짜로 궁금하다는 표정으로 물었다.

"너 아직도 손수건 갖고 다니냐?"

강의실 앞자리에 앉는 학생이 어느 날 나에게 왜 손수건을 두 개나 들고 다니는 거냐고 물었다. 언제나처럼 출석부, 커피 텀블러, 물병, 손수건 두 개가 놓여 있는 교탁을 가리키면서. 수업 시간에 가끔 짧은 글쓰기를 시키고 낭독을 하게 하는 날이 있다. 이제 스무 살 혹은 20대 초반의 학생들은 부모에 관해, 엄마가 끓여준 김치찌개에 관해 소리 내 읽다가 그만 울먹거리고 만다. 대체로 부모 이야기가 나오면 분위기가 그렇게 돼버린다. 경청하고 있던 학생들도 여기저기서 훌쩍훌쩍. 선생이라고는 해도 그럴 때 할 수 있는 게 별로 없다. 그저 슬그머니 다가가 손수건을 건네주는 일밖에는. 그런 일이 자주 있는 건 아니지만 한때 손수건을 두 개나 들고 다니기도 했다. 내가 건네준 손수건이 부담스러워서인지 눈물도 콧물도 편하게 닦지 못한다는 걸 깨닫기 전까지는. 그럴 때를 대비해서 지금은 작은 티슈를 갖고 다닌다.

아쿠타가와 류노스케 작품 중에 「손수건」이라는 단편이 있다. 교수의 집에 한 부인이 방문한다. 그 교수에게 신세를 많이 진 학생의 어머니라고 밝힌 부인은 아들의 죽음을 알리면서 그동안 고마웠다는 인사를 전한다. 교수는 그런 가슴 아픈 소식을 전하면서 눈물을 글썽이기는커녕 입가에 미소까지

띠고 있는 부인의 모습이 이상하다고 느낀다. 손에 들고 있던 부채가 떨어져 교수가 바닥으로 고개를 숙였을 때 맞은편 의자에 앉은 부인의 무릎을 보게 된다. 떨리는 양손으로 무릎 위의 손수건을 "찢어질 듯이 꽉 쥐고 있는". 그제야 교수는 태연한 척하고 있지만 실은 그 부인이 "전신으로 울고 있었"다는 것을 알게 되는 이야기.

다림질을 한 후 잔열로 손수건을 다린다. 다림질을 싫어하는 어머니가 아무렇게나 접어둔 아버지 손수건이 보이기에 그것도 가져온다. 아버지 손수건은 낡아서 해질 지경이다. 얼마 전엔가도 동생이 손수건 몇 장 사다드리는 걸 봤는데. 부모는 왜 새것들은 다 장롱 안에 고이 모셔두고는 낡은 것들만 계속 쓰고 있는지 모르겠다. 수건, 벨트, 양말, 속옷 같은 것들. 엄마한테 그런 얘길 꺼내면 또 다투게 될 테니까 지금은 묵묵히 다림질이나 하자. 세상엔 손수건 디자이너라는 게 있을까. 음, 그 직업도 포춘 쿠키의 문장을 쓰는 직업만큼이나 흥미로운데. 내가 예전에 알았던 사람 중에 오랫동안 연극 쪽 일을 하다가 넥타이 디자이너가 된 이가 있었다. 손수건을 만드는 일이나 포춘 쿠키에 넣을 문장을 만드는 일에 종사하게 된다면 갈등이니 플롯이니 하는 골치 아픈 것들에 대해선 생각하

지 않아도 되겠지. 다시 태어난다면 소설가보단 소설가의 아
내나 남편 역할을 더 잘할지도 모르겠다. 그 사람이 왜 자주
딴생각에 빠져버리는지, 아무것도 아닌 일에도 왜 예민하게
구는지, 같이 있어도 멀게 느껴지는지, 언제 위로가 필요하고
언제 술이 필요한지, 쓸모없어 보이는 일에 도대체 왜 저렇게
집중하고 있는지 너무나 잘 알 테니까. 역시 다림질을 하다 보
면 생각이 많아진다. 아무려나 네 귀가 맞게 잘 다려진 손수
건을 지참하는 건 잘 닦은 구두를 신고 일터로 향할 때와 유
사한 데가 있지 않나. 내가 이런 얘길 하면 동생들은 못 말려
못 말려, 고개를 내젓곤 한다. 가끔 수십 장의 손수건을 천천
히 다리는 상상을 한다. 내가 마음을 달랠 때 몇 시간이고 식
탁 의자에 앉아 땅콩 껍질을 까고 멸치를 다듬을 때처럼. 게
다가 나는 귀나 각을 맞추는 거라면 대체로 좋아하고 그 행
위가 마음을 가라앉히는 데 도움이 된다고 느끼니까.

　개인적으로 손수건은 크기가 너무 크지 않고 요란한 색이
나 요란한 무늬가 없는 게 낫고 한 계절에 번갈아 쓸 수 있
도록 서너 개쯤 갖고 있으면 편하다. 낡아서 올이 풀린 손수
건은 날이 쌀쌀해질 때부터 둘둘 말아 집 안에서 스카프 대
신 목에 둘러준다. 다른 식으로 생각하면 손수건은 닦고 문

지를 때보다 어떤 것을 묶거나 매듭지을 때 그 존재가 더 돋보이는 듯도 하다. 에코백이나 가방 손잡이에 한 번 둘러놓았을 때, 둘둘 말아 손목이나 이마에 둘렀을 때 패턴도 감정도 살아 있다. 낡고 또 낡을 때까지 쓸 수 있다는 것도 큰 장점이다. 자주 잃어버려도 크게 곤란하지 않은 사물이기도 하고. 내구성은 물론이지만 손수건을 고를 때는 디자인보다는 물, 땀, 눈물 등 액체가 축축하게 잘 배어드는 성질인 습윤성을 먼저 살펴보게 된다. 천이 얇아 속건성은 대부분 갖추고 있으니까.

지난여름에 15년 만에 중학교 때 국어선생님과 연락이 닿았다. 어느새 정년을 앞둔 선생님이 우리 동네 D고등학교에 계신다는 사실을 알고 학교로 뵈러 갔다. 이야기를 나누던 교무실에서 나와 선생님은 중앙 정원과 텃밭을 보여주었다. 선생님께서 심어놓으셨다는 방울토마토, 케일, 깻잎, 옥수수가 무럭무럭 자라고 있었다. 방울토마토를 따서 건네주시는데 담을 데가 없었다. 벤치에 손수건을 펼쳐 깔았다. 방울토마토를 담고 보자기처럼 네 귀퉁이를 묶었다. 선생님께서 옥수수까지 따주시는 통에 결국 수위실에서 비닐봉지를 빌려야 했지만.

열일곱 살. 고등학교에 입학한 며칠 후, 나도 모르게 주머을

쥐듯 핑크색 손수건을 꽉 움켜쥐었던 때가 떠오른다. 너무나 들어가고 싶었던 문예반을 전교 성적순으로 뽑는다는 사실을 안 순간.

여기 있기에 문제없음   ...... 에코백

나는 매일 네 종류의 일간지를 읽는데 그래서 날마다 놀라고 배우고 생각하게 되는 일들이 더 생기는 기분이다. 최근에는 일회용 제품들이 환경에 어떤 영향을 끼치는가 하는 기사들을 여러 번 보았다. 카페에서 나오는 플라스틱 컵들이 하루 5톤 트럭 한 대 분량이나 되고 종이컵은 안쪽에 폴리에틸렌으로 코팅돼 있어서 쉽게 썩지도 않으며 비닐봉지는 흙으로 변하는 데 무려 30~40년이 걸린다는 믿지 못할, 그러나 이미 알고 있는 사실들. 이번에는 유리병에 관해 읽고 더욱 놀라고 말았다. 맥주나 소주병을 재활용하지 않고 버리면 흙으로 분해되는 데만 해도 100만 년의 시간이 필요하다니.

일회용 컵을 쓰는 게 언제부터 불편하게 느껴졌는지 모르겠다. 그래서 생수병과 텀블러를 가지고 다니기 시작했고 텀블러는 '에코백'이라 부르는 천 가방에 넣어둔다. 가방bag에 생태나 환경과 관련됨을 나타내는 에코eco와의 결합으로 만들어졌을 단어, 에코백의 시작을 찾아보니 영국의 한 디자이너가 천으로 만든 가방에 "I'm not a plastic bag"이라는 문장을 새기고 판매한 후부터라고 한다.

2년 전 가을 프랑스 북부 도시 릴Lille의 문화축제에 참가하한 적이 있다. 며칠 동안 시간을 보냈던 통역가가 헤어지는 날 나에게 "이거 좋아하는 것 같아서요"라면서 차곡차곡 접은 에코백 세 개를 선물로 주었다. 그녀 또한 어깨에 그런 소박한 가방을 메고. 가볍고 실용적인 모양의 에코백을 들고 다니는 사람들을 광장이나 서점, 시장에서 몇 년 사이에 부쩍 많이 보게 되었다. 내 눈에는, 우리는 이 '환경'에 스쳐 지나가는 것이 아니라 '거주'하고 있으며 그래서 소중히 보살펴야 한다는 걸 잘 알고 있는 사람처럼 보인다면 지나칠까.

오랜만에 만나는 제자에게 책 크기만 한 작은 에코백에 문학 계간지 한 권을 담아 주었다. 책도 읽고 에코백도 어딘가에 다시 써주겠지. 며칠 전에는 조카들이 수십 조각의 젠가 놀이 원목 조각을 담아놓았던 종이 상자가 망가졌다기에 오래 써서 부들부들해진 천 가방 하나를 꺼내 주었다.

그사이 퍽 다양한 에코백들을 갖게 되었다. 런던에서 공부

하고 돌아온 후배한테 받은 'Daunt Bookshop' 가방, 지난해 한 선배가 생일선물로 와인과 탁상용 달력을 넣어주었던 캠벨 수프 천가방 등, 한 예닐곱 개쯤 있다. 제주 아라리오 뮤지엄 숍에서 좋아하는 코끼리가 프린트된 에코백을 보고도 안 산 이유가 그래서다. 가장 오랫동안 사용한 것은 독일 예나대학교에 갔을 때 얻은 얇고 누런 천 가방이다. 성미샤엘 교회가 흐린 밤색으로 프린트된. 손잡이가 나달나달해져서 앞으로 몇 번이나 더 들 수 있을지 모르겠다.

다른 사람이 든 에코백의 앞뒷면 글자와 그림들을 훔쳐보는 재미도 있다. 그중 잘 아는 출판사 로고나 책 제목이 번듯하게 새겨진 가방을 발견하면 저절로 기분이 좋아진다. 중고 재봉틀을 사서 간단한 천 가방이나 에코백을 만들게 된다면 작가들이 글쓰기나 문학에 관해 말한 문장들을 새겨 넣고 싶기도 하다. 예를 들면 "기타리스트와 가수로 실패했기 때문에 작가가 될 수 있었다"라는 가즈오 이시구로의 문장은 어떤가. "바깥에서 안을 들여다봐야 한다"는 윌리엄 트레버의 말은. 지금 가장 먼저 선택할 수 있다면 류전원의 말을 촘촘히 새기고 싶다. 『닭털 같은 나날』 『말 한 마디 때문에』 같은 작품으로 잘 알려진 류전원은 자신에게 글쓰기란 "바닷물에 젖은 상태에서 한 겹 한 겹 겉옷을 벗는 직업"이라고 쓴 석이 있

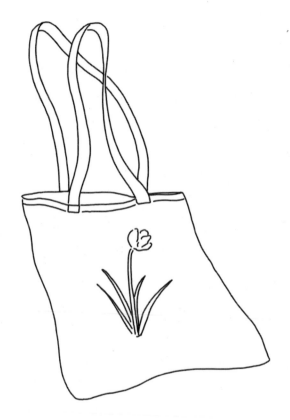

우리는 이 '환경'에 스쳐 지나가는 것이 아니라
'거주'하고 있으며 그래서 소중히 보살펴야 한다는 걸
잘 알고 있는 사람처럼 보인다면 지나칠까.

다. 어렸을 때부터 입고 있던 옷도 있고 시대의 옷, 사회의 옷도 있는데 바닷물에 젖으면서 훨씬 더 무거워졌다고. 그 무거운 겉옷에서 벗어나 더 멀리까지 헤엄쳐 갈 수 있는 글쓰기를 하고 싶다는 글을 처음 읽었을 때 나도 모르게 눈물이 핑 돌고 말았다. 딱히 글쓰기가 아니어도 누구에게나 다 그런 무거운 겉옷 같은 걸 하나씩 걸치고 있으리라.

"나는 플라스틱이 아니다"라는 문장을 들었을 때 얼핏 에코백에 관한 문구가 떠올랐다. 여기 있기에 문제없음.

학교 가는 날에는 광목으로 만들어진 에코백에 출석부와 책들을 넣어 갖고 다닌다. 언젠가 한 문학 기관에서 받은 가방인데 앞에 이런 문장이 쓰여 있다.

Korea is coming.

터뜨리고 싶다

에어캡

튼튼한 골판지로 만들어진 각종 상자나 에어캡은 버릴 때마다 망설여진다. 두 가지 모두 한 번 쓰고 버리기에는 멀쩡한데다 필요할 때 찾으면 없을 때가 많기 때문이다. 그중 선별한 박스들은 소포 부칠 때를 대비해서 모아두기도 하고 오래돼서 기포가 빠지거나 처치 곤란할 정도로 많아진 에어캡들은 한 번이라도 뽁뽁 터뜨려본 후 버린다. 지난 연말과 연초에 몇 가지 택배 상자를 받기도 했고 나나 가족들이 주문한 상품들도 있어서 상자와 에어캡이 더 쌓이게 되었다.

도쿄에 사는 중학생 조카가 처음으로 혼자 비행기를 타고 서울에 와서 새해를 같이 보냈다. 초등학교 사촌들과 놀고 좋아하는 한국 음식을 먹는 즐거움에 빠져 있던 큰조카의 바람과 달리 시간은 빨리도 지나가버렸다. 떠나는 날 아침 일찍 큰이모인 내가 나서서 짐을 꾸려주었다. 조카가 가져온 것은 교과서와 참고서로 채워 돌덩이같이 무거웠던 백팩과 가족들 선물을 담아온 기내용 트렁크 하나.

그런데 동생 집으로 보내야 할 짐들은 많았다. 만두와 떡을 비롯한 냉동식품들, 라면, 마늘, 태양초 등등. 터무니없이 작아 보이는 트렁크 바닥에 신문을 깔고 먼저 조카의 수학 영어 국어 등의 교과서를 차곡차곡 담았다. 모아두었던 에어캡 중에서 상태가 좋은 것으로 골라 그 책들을 몇 겹씩 꼼꼼히 두르고 쌌다. 내일모레 시험이라는데 냉동식품들 때문에 자칫 교과서가 젖으면 안 되니까. 빨아서 얼려둔 마늘도 에어캡으로 한 번 더 둘렀다.

먼 데로 떠날 짐을 꾸릴 때마다, 누군가에게 소포를 보낼 때마다 유용하게 쓰는 에어캡은 2015년 국립국어원에서 '뽁뽁이'라는 우리말로 순화되었다.

이 에어캡을 처음 발명한 사람은 미국의 엔지니어와 스위스 발명가라고 하는데, 플라스틱 입체 벽지로 개발했다가 우여곡절 끝에 완충 작용을 하는 포장제로 쓰기 시작한 때가 1950년대 말. 그 발명의 역사와 이야기가 담긴 『버블랩 북The Bubble Wrap Book』의 리뷰를 아마존에서 찾아보니 에어캡의 몇 가지 장점 중에 이런 점도 눈에 띈다. '스트레스 데라피.' 기포가 들어간 폴리에틸렌 필름을 손으로 누를 때 터지는 소리와 촉감!

〈부에노스아이레스에서 사랑에 빠질 확률〉은 여러 가지 면에서 기억에 남는 영화였지만 쇼윈도 디스플레이어인 마리아나가 새로 이사 온 산타페 1183번지 8층 G호의 소파에 앉아 4년 동안이나 엉뚱한 남자와 시간을 보내버렸다며 현재의 우울과 불안을 독백하는 장면이 나에겐 유독 그랬다. 그녀는 말한다.

나는 지금 소파의 버블랩 위에 앉아 있다. 이게 날 터뜨리지 않도록 내가 터뜨리고 있다.

한 인물의 감정을 버블랩 같은 사물로도 저렇게 표현할 수 있구나, 감탄했다. 같은 건물 1105번지에서는 공황장애로 사회생활을 거의 포기하다시피 한 웹디자이너 마틴이 산다. 혼자라고 생각하는 사람들. 그들은 마침내 서로를 발견하게 되겠지. 그 과정이 버블랩을 만지고 터뜨릴 때의 촉감과 소리처럼 경쾌하고 감각적인 데가 있다.

또 『립잇업Rip It Up』이라는 책의 이같은 구절을 떠올리게 될지도 모른다. 사람을 바꾸는 것은 사랑이 아니라 행동을 바꿀 때 진정한 사랑이 찾아온다는. 마틴과 마리아나의 이야기는 그들의 직업만큼이나 세련되고 잊을 수 없는 장면들이 나오지만 수년이 지난 지금까지도 나에게는 마리아나가 소파에 앉아 버블랩을 터뜨리던, 그 스트레스 테라피 장면으로 기억되는 영화다.

에어캡으로 싸준 교과서를 들고 다시 제 나라로 돌아간 조카와 여기 사는 조카들도 어렸을 적부터 에어캡만 보면 달려들어서 뽁뽁 터뜨리며 놀고는 했다. 조카 교과서를 에어캡으로 싸준 건 헌책 판매자들에게 배운 방법이다. 보통은 봉투 안에 그냥 책을 넣어 보내오기도 하지만 어떤 판매자는 책을 신문지로 단단히 포장해서 보내기도 한다. 더 신중한 판매자들은 에어캡으로 잘 둘러서 부쳐준다. 책이라는 사물을 이해하고 아끼는 사람의 자세라고 여기며 겸손히 포장을 푼다.

한파가 찾아왔다. 에어캡의 또 다른 용도를 우리는 알고 있다. 내 아버지도 본격적인 추위가 몰려오기 전이면 거실 창문이나 외관으로 난 유리에 뽁뽁이를 붙인다. 에어캡을 처음 발명했을 때 외면당했던 이유처럼 비록 아름다워 보이지는 않을지라도 실내 온도가 평균 2도쯤 올라간다고 하니.

사족이지만 아깝다고 에어캡을 너무 오래 보관해두면 곤란해져버린다는 사실을 말해두고 싶다. 며칠 전 거실 청소를 하다가 너무 많아진 에어캡을 치우려고 책장 구석에 뭉쳐놓은 것을 확 잡아 빼낼 때였다. 기포가 들어간 폴리에틴넬이 낡아버려서 마치 깃털베개에서 깃털이 밖으로 삐져나온 것마냥 사방으로 비닐조각들이 한없이 펄펄 날아오르는 게 아닌가.

개인의 책

12월이다. 이맘때쯤이면 보험회사나 잡지사 등지에서 보내
주는 달력들을 우편으로 하나둘씩 받고는 했는데 올해는 아
직 소식이 없다. 단단하게 돌돌 말려온 벽걸이형이나 귀한 그
림처럼 커다랗고 납작한 박스에 담겨오는 달력 그리고 몇 개
의 탁상용 달력들. 부정청탁금지법의 영향인지 지난해에는
달력 업계도 주문과 물량이 대폭 감소해 비상이 걸렸다는 기
사를 읽은 적이 있다. 벽걸이용보다 제작 가격이 평균 세 배
정도 높다는 탁상용 달력은 손에 넣기가 더 어려워질지도 모
른다.

집에 걸어두는 달력이야 어떤 종류든 괜찮은데 작업실 책
상에 올려둘 탁상용은 그렇지 않다. 약속들, 원고 마감, 학교
가는 날 등등을 적어두지 않으면 깜박 잊기 십상이라 네모 칸

이 있어야 하고 음력도 표시돼 있어야 한다.(세상에는 나처럼 절
기를 중요하게 여기는 사람들이 있을 거라고 믿는다. 정월대보름엔
오곡밥을 찾아 먹고 입춘, 춘분, 하지, 동지에 의미를 두는. 게다가
모름지기 달력이라면 초복, 중복, 말복은 표시돼 있어야지.) 단순한
기준 같아도 그런 달력을 손에 넣는 일은 생각보다 쉽지 않
다. 대개는 메모 칸이 그려져 있지 않거나 음력은 생략했거나
크기가 작거나 제작을 맡긴 곳의 홍보 글씨가 너무 눈에 띄게
새겨져 있으니까.

탁상용 달력을 조용히 거꾸로 넘겨본다. 1월에는 가족들과
경복궁 투어를 했고 2월과 10월에는 단편을 썼고 5월에는 대
선 투표를 했으며 7월에는 폭염을 견뎠고 9월에는 기내에서
〈굿바이 베를린〉이라는 멋진 영화를 보았고 11월에는 김장
을 담갔다. 요즘 일간지마다 앞다퉈 지면을 장식하는 국내외
10대 뉴스처럼 내 개인적인 10대 뉴스를 뽑아볼까 싶었는데,
되레 지난해보다 특별한 일, 기억에 남을 만한 일은 없어 보
인다. 평범한 일상들, 그런 날들이 지속되었던 것 같은데 그건
좋은 일일까 아닐까.

한 장 한 장 달력을 넘기다 보니 꼭 시간을 거슬러 올라가
는 듯한 기분이 든다. 365일을 요약한 노트, 1년을 압축해 보
여주는 얇고 납작한 책. 남다르지는 않아도 지난해와는 다른.

그래서일까, 매년 썼던 탁상용 달력들을 종이 박스에 모아둔 지 오래되었다. 일기처럼 한 권 다 썼다고 버릴 수는 없으니까. 벽걸이용 달력은 처분하지 않을 수가 없는데 깨끗한 뒷면을 볼 때면 유년 시절이 떠오른다. 그 시절 내 부모는 새해가 되면 지난해 달력을 가위로 네모나게 잘라 한데 묶었다. 조금 크게 자른 것은 나와 동생들이 연습장으로, 작게 자른 묶음은 메모지로 썼다. 물론 종이를 귀하게 여기던 시절의 이야기다. 지금도 그 버릇이 남아 있어서 나는 뒷면이 하얀 달력이나 A4용지는 쉽게 버리지 못하고 얼마 전까지만 해도 조카들이 그림 그릴 종이를 달라고 할 때, 받아쓰기 연습을 시킬 때 쓰게 했다.

그나저나 시간은 왜 이렇게 빨리 흐르는 것일까, 라는 진부한 말은 하지 않고 싶은데 그게 참 쉽지 않다. 대신 다른 이야기를 해볼까. 옛날옛날에 시간을 피하는 데 자신이 가진 시간들을 다 쏟아부은 사람들이 있었다. "지구의 중심에서 멀어지면 멀어질수록 시간이 더디 흘러간다는" 사실이 알려진 후 젊음을 오래 간직하고 싶은 사람들은 산 위로, 더 높은 곳으로 집을 옮겼다. 그 높이가 지위의 상징이 되기도 했단다. 그러는 사이에도 시간은 흘러 "몇 초 빨리 늙는 것을 대수롭지 않게 생각하는 사람들이" 생겨났다. 다행히 자신들이 왜 늙

365일을 요약한 노트,
1년을 압축해 보여주는 얇고 납작한 책.
남다르지는 않아도 지난해와는 다른.

은 데만 고집하고 있는지, 거기서 더 좋은 게 뭐가 있는지 잊어버리는 사람들이 늘어나 다시 평지에서 산책을 하고 미소 짓게 되었다. 그리고 차갑고 공기도 희박한 산꼭대기에 계속 남아 있던 사람들은 제대로 나이가 들기도 전에 앙상하게 늙어갔다는 이야기. 과학자이자 작가인 앨런 라이트먼이 과학을 바탕으로 여러 가지 시간의 유형에 관해 쓴 짧은 소설들 중 한 편이다.

그 책 『아인슈타인의 꿈』은 독자에게 이렇게 묻는 것 같다. 시간에 대한 당신의 태도는 어떻습니까?

한 해를 정리하는 시간의 대부분을 그렇다고 후회나 뉘우침만으로 보내지는 말아야 할 텐데. 한 장 남은 달력 귀퉁이에 며칠 후부터 시작될 2018년 1월이 깨알만 하게 프린트돼 있다. 개인적으로도 사회적으로도 해결하고 풀고 건너가야 할 일들이 첩첩산중이다. 어쨌든 선물같이 주어질 새 시간들이니 내년의 날짜들을 지금은 어제 읽은 시 제목처럼 '첩첩의 꽃'으로 여기고 싶다. 그 여정의 마지막 달, 12월이란 참 이상한 달이어서 이 달력을 넘기는 마음이 무겁기도 하고 홀가분하기도 하다. 게다가 어째서 내 생일은 한 해 중 이 무렵인지. 매년 달력을 받아들 때마다 생일에 표시를 해두긴 한다. 저날까지 잘 지내보자고 마음을 다독거리면서,

달력을 넘길 때마다 아직 쓰이지 않은, 평면의 시간을 받아든 느낌이다. 그 여백을 어떻게 무엇으로 쓰느냐에 따라 시간은 다른 겹으로 쌓일 터다. 내년에도 달력은 모두에게 똑같이 열두 장이라는 사실만은 변함없다.

이제 새 책의 첫 장, 1월을 시작할 때다.

가닿기를

동네 소방서 옆에 여고가 있습니다. 산책할 때면 운동장이 있어서 그런지 교정에 들어가 몇 바퀴 트랙을 돌거나 국민체조 같은 걸 한번 하고 싶다는 마음이 듭니다. 그 학교에서 근무하신 선생님 한 분이 정년퇴직한다는 기사를 읽은 적이 있습니다. 선생님은 하루 평균 서너 통씩 학생들에게 편지를 써왔다고 합니다. 근무 기간이 39년이었다고 하니 2만 5000여 통은 될 거라고. 물론 저는 모르는 분이지만 대단한 선생님이라고 생각했습니다.

저에게도 그와 비슷한 선생님들이 있습니다. 중학교 2학년 때 담임이었던 여선생님은 제 성적이 뚝 떨어지자 교무실로 불러 수학 참고서 한 권을 손에 쥐여주셨습니다. 그 안에 들어 있던 편지에는 수학 점수가 나아지면 성적을 올리는 데 힘이 될 거고 제가 장녀라고 하니 앞으로 어떤 직업을 선택할지 지금부터 구체적인 목표를 세우는 게 좋겠다는 조언이 몇 장 빼곡히 쓰여 있었어요. 저라는, 눈에 잘 띄지도 않았을 학생을 관심 있게 지켜보지 않았다면 쓸 수 없는 편지였지요.

어쩌면 제가 가장 뜨거운 순정을 담아 쓴 편지는 스물네 살 때 중학교 국어선생님에게 보낸 것일지 모릅니다. 졸업 후 연락이 끊어지고 말았는데 재수 시절 노량진 거리에서 우연히 만나게 된 분입니다. 한밤중에 포마이카 상을 펼치고 앉아 누런 갱지 여섯 장 가득 편지를 썼습니다. 아무래도 글 쓰는 사람이 되고 싶다고, 너무 비현실적인 꿈 같아서 여태 누구에게도 말할 수 없었지만 선생님은 시를 쓰는 분이니 이해해주기를 바란다는 뭐, 그런 내용이라고 기억합니다. 보내지 않아도 좋을 그 편지를 한 자 한 자 필압筆壓에 담고 느끼며 썼던 이유는 이 세상 누군가 한 사람에게게만은 내 고백의 글이 가 닿기를 바랐던 간절함 때문이 아니었을까요.

『카뮈―그르니에 서한집』은 『이방인』을 쓴 프랑스 작가 알베르 카뮈와 그의 철학 교사이자 작가인 장 그르니에가 주고받았던 편지들을 묶은 책입니다. 카뮈가 쓴 편지 중에 이런 구절이 있습니다.

**선생님의 편지는 제게 몇 가지 나아갈 길을 보여줍니다. 최선을
다하여 그 길을 좇도록 노력하겠습니다.**

평범해 보이는 문장이지만 읽을 때마다 눈을 멈추게 됩니
다. 몇 가지 나아갈 길을 보여주는 편지, 그것을 보내주는 사
람, 또 최선을 다하여 그 길을 좇도록 노력하는 사람…….

좀 다른 이야기입니다만, 특정한 격식을 차릴 필요가 없으
며 감정을 절실하게 담아낼 수 있다는 점에서 개인적으로 서
간체 형식의 소설을 좋아하는 편입니다. 다니자키 준이치로
의 「후미코의 발」, 엔도 슈사쿠의 「그림자」, 미야모토 테루의
「환상의 빛」, 마르그리트 유르스나르의 『알렉시』, 존 버거의
『A가 X에게』 같은 작품들 말입니다. 김채원 작가의 「겨울의
환」은 또 얼마나 아름다운지요. 서간체 소설의 특징이라면
'대상'이 필요하다는 것이겠지요.

여름휴가를 보냈던 도시의 문구점에서 세트로 된 편지지
와 봉투를 사왔습니다. 흰 바탕에 작고 붉은 금붕어가 헤엄
치고 있는 편지지. 마음으로, 그 편지지에 지금 이 에필로그
를 씁니다.

그저 책만 읽다가 몇 년 후 작가가 되고 나니 더럭 겁이 났

습니다. 그제야 재능의 문제에 맞닥뜨리게 된 셈이지요. 무엇이든 어렵고 짧은 시간 안에 해결할 수 없다면 그 자리에서 할 수 있는 일을 하자고 마음먹었습니다. 두껍고 큰 민중 엣센스 국어사전을 ㄱ부터 펼쳐두었습니다. 그리고 스프링 노트에 몰랐던 단어, 알고 있으나 다른 뜻으로도 쓰이는 단어와 그 예문을 만들어 적어갔습니다. 그러니까 기역부터 히읗까지, 그 여름 내내. 참 바보 같고 쓸모없는 노력을 하고 있는지 몰라, 라는 마음이 들기도 했습니다. 그런데 일단 시작하고 나니 중간에 덮어버릴 수가 없었습니다. 사전이 재미있기도 한 데다가 세상에 웬 모르는 단어들, 아름다운 우리말이 그렇게나 많은지요. 몇 년 후 그 작업을 한 번 더 시도했습니다. 아는 것도 새로 배우는 것도 너무 없다는 불안감이 들 때쯤 말입니다.

책상 위에 늘 두 권의 국어사전을 두고 지냅니다. 매일 몇 분씩이라도 아무 페이지나 넘겨보곤 합니다. 어플 사전과 달리 종이 사전은 일단 펼치면 찾고 싶은 단어 위아래 혹은 그 옆 페이지에 한눈팔고 싶어지는 단어들이 주르륵 나열돼 있습니다. 종이 사전이야말로 책 중의 책이 아닐까 싶습니다. 얼마 전에 새삼 '궁극'이란 단어를 찾아보다가 '궁극하다' '궁극히'라는 단어들도 보게 되었습니다. '더할 수 없이 간절하다'라는 뜻의. 그래서 이렇게 중얼거려보기도 했습니다. 무인가를 궁극히 바라다보면 언젠가 이루어질지도 모른다고.

그 바라던 바를 누군가는 종이 책을 읽다가, 무엇인가를 종이에 쓰다가 찾게 되기도 할 겁니다.

이 책이 이 계절에 수신하는 첫 번째 편지가 되길 바랍니다.

소설가의 사물과 함께한 작품들

가지이 모토지로, 「레몬」『레몬』 함인순 옮김, 동천사, 2014

가쿠다 미쓰요, 『프레젠트』 양수현 옮김, 문학동네, 2006

가쿠다 미쓰요·오카자키 다케시, 『아주 오래된 서점』 이지수 옮김, 문학동네, 2017

구효서, 「깡통따개가 없는 마을」『깡통따개가 없는 마을』, 세계사, 1995

남 레, 「사랑과 명예와 동정과 자존심과 이해와 희생」『보트』 조동섭 옮김, 에이지21, 2009

다니엘 페나크, 『몸의 일기』 조현실 옮김, 문학과지성사, 2015

다와다 요코, 『영혼 없는 작가』 최윤영 옮김, 을유문화사, 2011

다와다 요코, 『용의자의 야간열차』 이영미 옮김, 문학동네, 2016

다카바타케 마사유키, 『궁극의 문구』 김보화 옮김, 벤치워머스, 2016

레이먼드 카버, 「별것 아닌 것 같지만, 도움이 되는」『대성당』, 문학동네, 2014

로알드 달, 「맛」『맛』 정영목 옮김, 강, 2005

로제 폴 드루아, 『사물들과 철학하기』 박선주 옮김, 동문선, 2005

록산 게이, 「언니가 가면 나도 갈래」『어려운 여자들』 김선형 옮김, 사이행성, 2017

류전윈, 『타푸』 김태성 옮김, 글누림, 2012

리처드 와이즈먼, 『립잇업』 박세연 옮김, 웅진지식하우스, 2013

마스다 스스무, 『주거해부도감』 김준균 옮김, 더숲, 2012

맷 매컬레스터, 『내가 엄마의 부엌에서 배운 것들』 이수정 옮김, 문학동네,
2013

메도루마 슌, 「투계」 『혼 불어넣기』 유은경 옮김, 도서출판 아시아, 2008

모리미 도미히코, 「요이야마 회랑」 『요이야마 만화경』 권영주 옮김, 문학수
첩, 2010

미란다 줄라이, 「수영 팀」 『너만큼 여기 어울리는 사람은 없어』 이주연 옮
김, 문학동네, 2010

버지니아 울프, 『그래도 나는 쐐기풀 같은 고통을 뽑지 않을 것이다』 정덕
애 옮김, 솔출판사, 1996

블라디미르 나보코프, 「외투」 『나보코프의 러시아 문학 강의』 이혜승 옮김,
을유문화사, 2012

비스와바 쉼보르스카, 「지도」 『충분하다』 최성은 옮김, 문학과지성사, 2016

셔우드 앤더슨, 「달걀」 『필경사 바틀비』 한기욱 옮김, 창비, 2010

송찬호, 「촛불」 『고양이가 돌아오는 저녁』 문학과지성사, 2009

쓰시마 유코, 「들녘」 『나』 유숙자 옮김, 문학과지성사, 2003

아모스 오즈, 『사랑과 어둠의 이야기』 최창모 옮김, 문학동네, 2015

아베 야로, 『야마모토 귀 파주는 가게』 한나리 옮김, 미우, 2010

아쿠타가와 류노스케, 「손수건」 『아쿠타가와 류노스케 전집 1』 조사옥 외
옮김, 제이앤씨, 2009

안도현, 「귀 파는 날」 『기러기는 차갑다』 문학동네, 2016

알베르 카뮈·장 그르니에, 『카뮈-그르니에 서한집』 김화영 옮김, 책세상,
2012

애니 레너드, 『물건 이야기』 김승진 옮김, 김영사, 2011

앤디 워너, 『물건의 탄생』 김부민 옮김, 푸른지식, 2017

앨런 라이트먼, 『아인슈타인의 꿈』 권루시안 옮김, 다산책방, 2009

앨리스 먼로, 「작업실」『행복한 그림자의 춤』 곽명단 옮김, 뿔(웅진), 2010

야콥 하인, 『나의 첫 번째 티셔츠』 배수아 옮김, 샘터사, 2004

어니스트 헤밍웨이, 「깨끗하고 불이 환한 곳」「살인자들」『킬리만자로의 눈』 정영목 옮김, 문학동네, 2012

어니스트 헤밍웨이, 『노인과 바다』 최홍규 옮김, 평단, 2006

어니스트 헤밍웨이, 『헤밍웨이의 말』 권진아 옮김, 마음산책, 2017

엘리자베스 스트라우트, 「범죄자」『올리브 키터리지』 권상미 옮김, 문학동네, 2010

오 헨리, 「마녀의 빵」『오 헨리 단편선』 김희용 옮김, 민음사, 2017

오정희, 「동경」『바람의 넋』, 문학과지성사, 2017

오지 도시아키, 『세계 지도의 탄생』 송태욱 옮김, 알마, 2010

윌리엄 트레버, 『여름의 끝』 민은영 옮김, 한겨레출판, 2016

장웨란, 「집」『집과 투명』 김태성 외 옮김, 예담, 2017

제라르 마종, 『와인을 위한 낱말 에세이』 전용희 옮김, 펜연필독약, 2017

제임스 설터, 『그때 그곳에서』 이용재 옮김, 마음산책, 2017

제임스 워드, 『문구의 모험』 김병화 옮김, 어크로스, 2015

제프 다이어, 「안에 내리는 비」『꼼짝도 하기 싫은 사람들을 위한 요가』 김현우 옮김, 웅진지식하우스, 2014

제프 다이어, 『그러나 아름다운』 한유주 옮김, 사흘, 2014

조혜덕, 『명품의 조건』, 아트북스, 2011

존 버거, 『킹』 김현우 옮김, 열화당 2014

줄리언 반스, 『예감은 틀리지 않는다』 최세희 옮김, 다산책방, 2012

줌파 라히리, 「일시적인 문제」『축복받은 집』 서창렬 옮김, 마음산책, 2013

줌파 라히리, 「길들지 않은 땅」『그저 좋은 사람』 박상미 옮김, 마음산책, 2009

차창룡, 「곰팡이는 내 친구」『해가 지지 않는 쟁기질』, 문학과지성사, 1994

칼 세이건, 『창백한 푸른 점』 현정준 옮김, 사이언스북스, 2001

칼 세이건, 『칼 세이건의 말』 김명남 옮김, 마음산책, 2016

케이티 해프너, 『굴드의 피아노』 정영목 옮김, 글항아리, 2016

크리스티나 페리 로시, 「느슨한 줄에서 살아가기」『쓸모없는 노력의 박물관』 정승희 옮김, 작가정신, 2005

페르난두 페소아, 『페소아의 리스본』 박소현 옮김, 컬처그라퍼, 2017

폴 오스터, 『뉴욕 3부작』 황보석 옮김, 열린책들, 2003

폴 오스터, 『타자기를 치켜세움』 황보석 옮김, 열린책들, 2003

프리모 레비, 『고통에 반대하며』 채세진·심하은 옮김, 북인더갭, 2016

프리모 레비, 『주기율표』 이현경 옮김, 돌베개, 2007

하기와라 겐타로, 『교양 물건』 전선영 옮김, 디자인하우스, 2016

하성란, 「옆집 여자」『옆집 여자』, 창비, 1999

하세가와 유야, 『구두 손질의 노하우』 이건우 옮김, 벤치워머스, 2017

하인리히 뵐, 『아일랜드 일기』 안인길 옮김, 미래의창, 2014

히로세 유키오, 『더 알고 싶은 커피학』 장상문 옮김, 광문각, 2010